ネメシス

III

周木律

講談社
タイガ

デザイン——坂野公一（welle design）

目次

第一話　愛という事件のもとに……7
第二話　名探偵初めての敗北……135

ネメシス Ⅲ

第一話

愛という事件のもとに

1

「美神《みかみ》アンナさん。あなたは今日から本校の学生となります」

くるりと体を翻《ひるがえ》すと、女性教頭が、アンナの目の前で訓示をする。

年齢は四十歳くらい、綺麗《きれい》な顔立ちだが、その視線は鋭く、近寄りがたい雰囲気を漂わせている。ひっつめた髪や表情、タイトなスーツ、隙《すき》のない立ち姿、何よりその口調からは、彼女の真面目《まじめ》一辺倒な性格が滲《にじ》み出《で》ているようだ。

彼女は、瞬きをせず、じっとアンナを見つめながら言った。「昨日の編入テスト、拝見しました。各教科すべて合格。どれも九十点前後ですから、実に優秀な成績です。満点がひとつもないのは残念でしたが」

その気になれば全部百点にすることもできたけど、少し手を抜いたのだ。あまり目立つなって言われてたから――。

「履歴も見させていただきました。インドからの帰国子女とのことですが、申し分のない学力です。こんな時期に、突然の編入願いには驚きましたが、まさしく本校にくるべくしてきた人材だと言ってよいでしょう。しかし……この学校は、単に勉強ができることだけを目指す場所ではありません。もっと広く、社会の礎となる人材を育てるために設立されたものなのです。いいですか、そもそも社会、そして教育とは……」

「はぁ」うーん、なんだか長くなりそうだ。

アンナは頭を垂れ、真面目に聞いている振りをしながら、教頭室をそっと見回す。

広い部屋だ。けれどちょっと薄暗い。部屋の奥の壁にかかる時計は、八時ピッタリを示している。そういえば今日は早起きだったなぁ。不意にあくびが込み上げた。

眠気覚ましに、壁に貼《は》られた書を読む。

『自由　自立　自主　自制　ただし何人《なんぴと》たりとも恋愛ご法度《はっと》　即退学――南禅寺』

流れるような文字。かなりの達筆だ。ちらりと大きな机の上を見ると、そこにはプレートが鎮座《ちんざ》している。『私立デカルト女学院教頭　南禅寺光江《なんぜんじみつえ》』

なるほど、仰々しい苗字《みょうじ》に負けない「堅物」な先生のようだ。

とはいえ一方、机の上は妙に雑然としていた。ガラスペンだの、朱肉だの、消しゴムだの、どでかい業務用ボンドだの、竹の定規だの、黄色いくくりヒモだの文房具が散らばる上に、北海道《ほっかいどう》の木彫りの熊《くま》や、小さな信楽焼《しがらきやき》のタヌキなどの謎オブジェまでが飾られている。うーん、変わった趣味だ。見た目はキツいし几帳面《きちょうめん》そうだけど、心根は意外と面白い人なのかな――?

「……歴史と伝統ある本校では、卒業生は皆さん華々しいキャリアを歩まれ……美神さん? 聞いていらっしゃいますか?」

「あっハイ、すみません」シャキン、とアンナは背筋を伸ばした。

南禅寺教頭は、やれやれと言いたげに肩を竦《すく》めると、「……ともあれ、あなたがイレギュラーな時期に突然編入することで、生徒たちは皆、びっくりすると思います。特に今、本校は少し揺れていますから、そこは気を付けて……いずれにせよ、本校ではくれぐれも、風紀を厳守していただき、協調性をもって過ごすようにしてください。おわかりですか?」

「はい、おわかりです!」アンナは敬礼をするように、右手を額に当てた。

ちらりと横目に、縦長の姿見に映る自分が見えた。

そこにいるのは、初めて制服を着て背筋を伸ばす、いつもと違う自分の姿だ。

アンナは思わず、ニンマリとした。

へへへ、紺のブレザーにボックスプリーツのスカート、制服なんて着たのも初めてで、なんだか新鮮だ。それに、自分で言うのもなんだけど、結構イケてる。

たかが制服でこんなに気分が変わるとは思わなかった。けれど、こうして実際に着てみれば、思った以上に気持ちが昂《たかぶ》るものだ。こういうの、女子高生だったら普通なんて表現するのだっけ？　ええと——エモい？　違うか。

「み、美神さん……？」やや呆《あき》れたような表情の南禅寺教頭の前で、一人でノリツッコミを入れつつも、アンナはふと、今日までの出来事を思い返す。

なぜ私が、制服を着て、この私立デカルト女学院の生徒となっているのか。

そもそもの発端は三日前、『探偵事務所ネメシス』を訪れた、一人の依頼人にあったのだ。

2

探偵事務所ネメシス。それは、横浜の街角にあるビルの二階に事務所を置く、これまで難事件、怪事件を幾つも解決してきた、新進気鋭の探偵事務所である。

その応接スペースにて——。

『……それでは、次のニュースです。シリコンバレーと日本の大学が共同研究により開発した次世代型の人工知能が、東京大学の入試問題に挑み、見事、合格点を超えました』

「はえー、すごいなー！」テレビを見ていた男が、頭から垂直に抜けて出るような、素《す》っ頓狂《とんきょう》な声を出した。

彼の名は、風真尚希《かざまなおき》。難事件を解決してきたネメシスの名探偵にして、今や日本中に名が知れた有名人である。

――とは、仮の姿。本当のところは、概《おおむ》ね助手であるアンナの推理を皆の前で披露する代弁者であり、実際の役割で言えば、彼が助手に近い。

が、そんなことは大して気にも留めていない風真は、「見てみろよ」と、ニュースの感想を無邪気に述べた。「AIが東大に合格だってさ。最近のテクノロジーは大したもんだよなー。このままいけば、いつかAIが人間を超える日が来るのかもしれないな」

「あ、それ聞いたことありますよ」遊びに来ていた四葉朋美《よつばともみ》が、興味深そうに答えた。

彼女はアンナの親友だ。以前、爆破テロ事件の捜査中に知り合ったのだが、なんやかやあって、しばしばネメシスに顔を出している。

朋美は斜め上を見つめながら、「機械の能力が、人間の能力を上回ってヤバイことになるんですよね。あれ何て言うんでしたっけ？　えーと、シン……シン……」

「シンギュラリティ」と、ネメシス社長の栗田一秋《くりたかずあき》が、低く渋《しぶ》い声で言った。

声だけでなく、ルックスも渋くダンディな男――だがなぜか事務所ではジャージを着ていることもある。すでに還暦を過ぎているらしいが、そうは見えない。風真に言わせれば給料もかなり渋いのだが。

「昨今の技術進歩は目覚ましいものがある」栗田は、手元でグラビア雑誌を見ながら続けた。「一説には西暦二〇四五年に、すべてにおいて人間の知能、能力を超えた人工知能《AI》が現れると言われている。そうなれば、もう人間がすることは何もなくなってしまうだろうな」

「そうなったら、僕らの仕事も廃業ですかね?」

「かもしれんな」風真の言葉に、栗田はニヤリと口角を上げた。本心では、仮にシンギュラリティが起こったとしても、人間が人間を相手にする仕事はなくならない、まして人の心理を扱う探偵稼業が消えることはないと思っているのだろう。

「あー……でもなー……AIか……」風真がふと、眉根《まゆね》を揉《も》みながら意味深な溜息《ためいき》を吐《つ》いた。

「何かあったんですか?」

「いやね、知り合いに……」問う朋美に、風真は何かを言い掛ける。

しかしそのとき、タイミングよくアンナのお腹《なか》がくぅと鳴った。

ヤバイ、エネルギーが切れる。アンナは朋美に言った。「ねえ、お腹すいちゃった。そろそろお昼にしようよ」

「あ、じゃあDR.ハオツーの出前取るね！」朋美がフットワークも軽く席を立った。「何がいい？」

「おいしいやつ！」

「オッケー」

と同時に、ピンポーンと事務所のチャイムが鳴った。「早っ！」

「まだ電話してないから」朋美が笑いながらスマホを手にした。

「ということは……依頼人かな？」風真が髪を手で撫《な》でつけながら、颯爽《さっそう》と立ち上がった。

＊

「……三日前、私が勤務する女子高校で、転落事故があったんです」

栗田と風真の目の前で、応接テーブルを挟み、女が切り出した。

少し離れた場所で、アンナは、朋美の手配してくれた昼ごはんを待ちながら、そっと様子を窺《うかが》った。

依頼人は、小柄《こがら》で童顔の女性だった。化粧気はなく、服装にも派手派手しさはない。身に着けるアクセサリも、せいぜい小粒のアクアマリンが控え目《ひかめ》なイヤリングくらいだ。

『私立デカルト女学院　スクールカウンセラー　雪村陽子《ゆきむらようこ》』

風真は、彼女から受け取った名刺と、学院の分厚いカラー刷りパンフレットとを、栗田にも見えるように、テーブルに並べて置いた。

「ちょうどお昼休みの時間でした」彼女は——雪村は続けた。「あのとき、中庭には生徒たちもたくさんいたそうです」

「ということは、皆が見ている中での出来事だったと」

「はい……」雪村は、神妙な顔つきで、こくりと頷《うなず》いた。「その瞬間、中庭ではお弁当を食べたり、すでに食事を終えて談笑したりする女子生徒たちで賑《にぎ》わっていました。そんな中庭に突然、悲鳴が上がったんです……」

——キャーッ！　という耳をつんざく悲鳴。

直後、ドカン！　と何かがぶつかり、潰《つぶ》れるような大きな音が響いた。

何事？　と辺りを見回す生徒たち——不意に、遠くで誰かが叫んだ。「人が落ちた！」

「え、何？」

「どうしたの？」

「何かあったの⁉」

皆が騒然とする中、女子生徒のうちの一人が、震える声で言った。「お、屋上から誰か人が落ちたみたい！」

全員の視線が、彼女の指差した場所に集まった。

そこは中庭の、歩道のタイル改修工事を行っていた場所だった。高い植え込みの向こうにあって、昼休みで作業員もいないその場所に、もうもうと砂煙が舞っている。おそるおそる、その場所を覗《のぞ》き込《こ》んだ彼女たちが見たものは――。

「……ある男性教師が屋上から中庭に落ちて……かなり酷《ひど》い状態で、即死だったそうです。すぐ学内はパニックになりました」

「子供たちばかりじゃ、そうなるでしょうね」風真はうんうんと頷きながら、「ちなみに男性教師とは、具体的には？」

「黒田秀臣《くろだひでおみ》さんという、美術の先生です。イケメン先生として有名で、学院内では生徒から随分と人気がありました」

「なるほど。事件の後、警察は？」

「はい、すぐに。それで、教頭先生と一緒に生徒たちがパニックになるのを抑えていただいて……それはよかったのですけれど、でも……どうやら自殺と考えているようです」

「……？」風真が、不思議そうに首を捻《ひね》った。

屋上からの転落死事件。普通なら、ただの自殺と考えるところだろう。だが、雪村のこの言い方がなんだか引っ掛かる――少し離れた場所で、アンナはそう思いつつ、なおも会話に耳をそばだてる。

「ということは、自殺じゃない可能性があると？」案の定、風真が確かめる。

「……はい。私には、信じられなくて」雪村は、思いつめたような表情で頷くと、「私は学院で、スクールカウンセラーをしています。なので、人よりも機微には敏《さと》いほうだと思っています。彼は決して自殺するような人じゃない。少なくとも自殺するような理由は、私が知る限りなかったと思います」

「……なるほど？」風真はほんの少しの間を置いてから、相槌《あいづち》を打った。

自殺するような理由は、なかった。

彼女はきっぱりと、そう断言した。でも、人の心はもっと複雑なものだ。実は思いもよらない理由があったのじゃないだろうか。行方不明になった父の始《はじめ》だって――もしかしたら――。

「アンナちゃん、出前来たよ」考え込むアンナの目前に、朋美が謎の料理をそっと置いた。

「あっ、ありがと！」いつの間にか届けにきていたらしい。微塵《みじん》も気配を感じさせないとは、さすがDR.ハオツー、まるで忍者だ。――にしてもこの料理は、一体？

「揚げ物？　ってか……貝？」

「新メニューだって。フィッシュ&チップス&エスカルゴ」

「おー、ヨーロッパ因縁《いんねん》の二国、奇跡の競演」

いただきまーす！　と手をあわせると、アンナは三種の具材をフォークで突き、まとめて口の中に放り込んだ。やや、むむむ、この味は――。

「……ひへふ《イケる》！」アンナ、渾身《こんしん》のサムアップ。

朋美もまた、もぐもぐしながらサムアップ――を返しながらも、ちょっと不安げに囁《ささや》いた。「ところでアンナちゃん、お客さんきてるけど、私ここにいて大丈夫？」

「あー、別に大丈夫だと思うよ。邪魔だったら邪魔って言うだろうし」

そう答えると、アンナは、旨味《うまみ》たっぷりのエスカルゴを重点的に頬張《ほおば》りながら、引き続き風真たちの会話に耳を傾けた。

雪村の話をひととおり聞き終えた風真は、ふうむと深く頷くと、「雪村さん。つまり、この事件は自殺ではなく他殺の可能性があると？」

「はい。きっと黒田さんを殺した犯人がいる。そう思っています」

「で、私に犯人を突き止めてほしいと」

「はい。風真先生はすごい名探偵だと伺っています。先生ならきっと、解決してくれると思ったんです」

「ふふふ……そうでしょう、そうでしょう」と、風真は笑みを隠し切れない弛緩《しかん》した表情のまま、何度も大きく首を縦に振る。

「お願いします、風真先生!」雪村は、ダメ押しのように懇願《こんがん》した。「もうあまり時間もないんです。学校側もあまり協力的じゃなくて、このままだと自殺で片付けられてしまいそうです。どうか……どうか、力を貸してもらえないでしょうか」

「……お話はわかりました。ええ、よーくわかりました」風真は、ひとつ咳払《せきばら》いをすると、背筋を伸ばし居住まいを正した。「確かに、興味深い依頼だと感じています。うん、実に面白そうだ……なんというか、女子高ってのがまた……」

「女子高……」

風真が一瞬、頰《ほお》を緩《ゆる》めた。あー、下心に踊らされているなあの人——。

だが、横にいる栗田に机の下で小突かれるとすぐ、慌てて険《けわ》しい表情に戻し、テーブルの上に重なる書類にちらりと目をやりながら、言い訳をするように続けた。

「しかし……しかしですね。実は、我々の事務所には他の依頼が立て込んでおりまして……その、すぐに動けそうにはないんですよ」

「そうなんですか……」

まあ、断るしかないだろうな、とアンナは思った。ここのところ、風真が——本当はアンナだが——幾つもの事件を解決に導いたことで、探偵事務所ネメシスは妙に名が売れた。お陰で、さまざまな事件の解決依頼が舞い込むようになり、正直に言えば、それらを毎日のように「お断り」しているのが実情だ。そもそも、ネメシスは父の始を探すために立ち上げた事務所だ。本来の目的を見失ったら、本末転倒だ。

風真は、そっと頭を下げると、「ですので……僕としても残念なんですが雪村さんのお話、お断りせざるを得ないかと思うんですよ。……ですよね？　社長？」と、ダメ元の体で、最終決定権を持つ栗田の顔色を窺った。

栗田は即答した。「そうだな。引き受けよう」

「まーそうなりますよね」肩を竦めながら、風真は言葉を引き継いだ。「やっぱりダメですよねえ。だって僕らには他にも取り組むべき事件がいっぱいあって……えっ？　引き受ける？」

風真は絵に描いたような二度見をすると、驚いたように目を瞬《しばた》いた。「い、いいんですか社長？」

「……まあな」栗田は含みありげに口角を上げると、机の上のパンフレットを手に取り、卒業生の紹介ページを開いた。

デカルト女学院の卒業生たち。才能に溢《あふ》れた彼女たちの多くは大成し、名を挙げている。財務大臣・池田澄江《いけだすみえ》、宇宙飛行士・平田怜美《ひらたれいみ》、指揮者・池之内《いけのうち》ハナ、遺伝子研究者・菅容子《かんようこ》、舞踏家・宮藤奈々《くどうなな》、シナリオライター・網保《あみほ》ミホなど、綺羅《きら》、星のごとくだ。

「女の花園か……」栗田は片方の眉《まゆ》を上げると、意味ありげに呟《つぶや》いた。「これまでは手を出せなかったが、今だったらいける」

「ま、そういうわけですからこの事件、引き受けさせていただきます!」歌舞伎《かぶき》役者が見得《みえ》を切るような妙に芝居がかった口調と所作で、風真が言った。

「ありがとうございます!」と、雪村がホッとしたように頭を下げた。

＊

三十分後――。

「……というわけで近々、学院に調査に入ります」と、ひととおり契約を終えた風真は、依頼者である雪村にかしこまった調子で言った。「調査には名探偵である私風真と、助手として栗田が伺います」

「どうか、よろしくお願いします」と、雪村がぺこりと頭を下げた。

えっ、ちょっと待って!? アンナは飛び出した。「いやいや、私は?」

「アンナは留守番だ」風真が、保護者のような顔つきで言った。

「えーっ……そんなぁ」

「あの、こちらの方は?」

「助手その二の美神アンナです」困惑する雪村に、風真はあっさりと説明する。「ですが今回は僕たち二人でお伺いを……」

「いやいやいや、ちょっと待って!」アンナは、風真を遮《さえぎ》るように身を乗り出した。「やっぱ男二人じゃダメだよ。うん。絶対ダメ」

「ダメなのか?」

「当たり前じゃん。威圧的だし、女の子たちが警戒するでしょ。むしろこういうのは……そう! 同じ生徒目線で調査したほうがいいよ。生徒の視点じゃないとわからないこともあるだろうし。……てかひらめいた! 私が女子高生になればいいんじゃん。ナイスアイデア! ね、社長もそう思わない?」と、アンナは早口で、無理やり栗田を巻き込んだ。

栗田は、苦笑いを浮かべながら、「いいんじゃないか? 女子高なら、危ないことはないだろう」

「ヤッター！　さすが社長！」アンナはくねくねと、謎の舞を踊った。

「まあ、社長が言うならいいっすけどね……」風真は、やれやれと肩を竦めると、「でも、アンナを生徒に紛《まぎ》れ込《こ》ませるとなると、編入の手続きが要《い》りますね」

「それは、私のほうでしっかりさせていただきます」雪村が、即座に答えた。「ただ、教頭が堅物で非協力的なので、編入試験を受けろと言い出すかもしれません。そうなると、かなりレベルが高い問題を解く必要がありますが……」

「どのくらいのレベルですか」

「東大に入れるくらいでしょうか」

「だったら問題はなさそうですね」風真は、当たり前のように言った。「こう見えてアンナは優秀ですから。ＡＩにも解けるくらいの問題なら、お茶の子さいさいですよ」

「そ、そうなんですか……」

「女子高生《JKS》！　女子高生《JKS》！」アンナは、椅子《いす》の上に立つと、ハイテンションのまま何度も腕を振り上げた。

3

——などと、浮ついた気分を数日間維持し続けた末に、アンナはようやく、担任であるおじいちゃん教師に連れられ、晴れてデカルト女学院の教室のドアをくぐったのだった。

「……えー、今日から皆さんのクラスメイトになる、美神アンナさんです」

担任教師が、アンナの名前をでかでかと黒板に書きつけ、皆に紹介する。

アンナはその場で立ったまま、クラスメイトの顔を見回していた。人数は二十人もおらず、思っていたより少ない。そういえばパンフレットにも、手厚い教育のため一クラスの人数を絞っていると書いてあった気がする。

ふと、たくさんの学生がひしめきあうようにして授業を聞いていたインドの学校のことを、アンナは思い出した。インドの学校は、雑然としていたけれど、生徒たちの年齢も性別も宗教も出自も異なっていて、個性があったように思う。一方、今目の前にしている新たなクラスメイトたちは皆、同じ制服を着て、ほとんど同じような格好をして、同じような佇《たたず》まいで、雑談をすることもなく静かに座っている。アンナは背中が妙にむずがゆくなった。確かに整然とはしているけれど、こういうの、なんだか落ち着かないなぁ——。

——いいかアンナ、忘れるなよ。

そのとき、栗田からの注意事項が頭の中に思い出される。

お前のミッションは、女子生徒たちから同級生として生の情報を収集することだ。くれぐれも、他の先生や生徒たちにバレないように気をつけろよ。わかったな!

そうだった。この中では確かに、私は異分子なのだ。妙な言動で目立ってしまわないように気を付けなきゃ——。

「というわけで、美神さん。自己紹介してください」

「へっ?」

突然、教師に振られて、アンナは我に返る。

気が付けば、クラス全員の視線がアンナに向いていた。初めてのことに動揺しながらも口を開く。

「あ、はい。えーと、美神アンナといいます。この間までインドのケララ州にいました。はい、好きな食べ物は美味《おい》しいものです。あと珍しいものも好きです。それで、あー、その——……」

言葉が続かなくなった。てかこういうとき、日本の女子高生は何かするんだっけ?

えーと、えーと——もう考えたってわからないから——。

「仲良くしてください！　……ハイッ！　インドのトンボっ！」

感性に任せ、アンナは両手を広げて片足で立った。

迷った挙句の、満面の笑み――しかも声まで裏返らせて、渾身の謎ポーズ。どうだ！

――だが、教室はまるで凍《こお》り付《つ》いたように、しんと静まり返る。

見渡すクラスメイトたちと、おじいちゃん教師。全員の頭からハテナマークが出ている。

「……意味わかんない」と、誰かが首を傾《かし》げた。

あちゃー、やっちゃった。やっぱりこれウケるの、道具屋の星《ほし》君だけだったか――。

冷たくてイヤーな汗が背中を伝ったそのとき、不意に、誰かが窓の外を見て呟いた。

「あれ？　外にいるの、名探偵じゃない？」

生徒たちが、好奇心から窓の外を興味津々、覗き始める。

「あ！　あそこ見て、本物だよ！　名探偵の風真さん！」

「ほんとだカッコイイー！」

「初めて見た！」

「ちょ、ちょっと皆さん待ちなさい、今は授業中ですよ！」おじいちゃん教師が止めるのも聞かず、いつの間にか生徒たちは皆、窓際に齧《かぶ》り付き、キャーキャーと声援を飛ばしていた。

二階にある教室は、窓から学院の正門を見渡せる位置にあった。生徒たちの視線の先にいるのは、正門からの歩道を歩く三人――すなわち、冴《さ》えない中年男性と、彼に先導され堂々と歩みを進める、風真と栗田だ。

トレンチコートにハットをかぶり、颯爽と歩きながら、キリッとした顔つき。いかにも有能探偵といった立ち振る舞いの風真に、その後ろを、鞄《かばん》を持ち静々とついていくいかにも誠実な助手といった風情の栗田。

ふと、風真が顔を上げた。

差し込む朝日に、眩《まぶ》しそうに目を細めてから、ぐるりと見下ろす生徒たちを見回すと、一瞬の憂《うれ》わし気な表情を挟みつつ、最後は白い歯を輝かせたキメ顔でニッコリ。後ろでは栗田が、誰にともなく執事よろしく会釈をしている。

女子生徒たちは皆、窓際でぴょんぴょんと飛び跳ねつつ、「きゃー！」「やばいやばいイケメンやばい」「あーもう平邪魔《たいら》！　どいて！」「やだステキ……」「何気に助手っぽいおじさまもイイなぁ」などと、ありとあらゆる種類の黄色い声を、まるでどよめきのように送っていた。

その熱狂を受け止め、ますます芝居掛かったポーズを決める二人――。

アンナは呆れた。いや何してんだこの人たち。先日のボマー事件でさらに有名になったからって、いくらなんでも調子乗りすぎじゃね？

クラスメイトもクラスメイトだ。確かに有名人が学校にくれば騒ぎたくなる気持ちもわからなくもないけれど、それにしたって風真たちはスターじゃないんだからさ。

いつだったか、女子校は男が五倍カッコよく見える場所だと聞いたことがあるが、まさにそのとおりらしい。アンナは心の中で忠告した。クラスメイトたちよ、君たちの男を見る目はちょっとヤバイぞ――。

ふと、アンナと風真の目が合う。

風真が、似合いもしないウインクをした。アンナは迷うことなく、チベットスナギツネの目をお返しした――。

「ねぇねぇ、名探偵がなんでウチの学校にいるのかな?」

「そりゃ、一週間前の事件でしょ」

溜息を吐いたアンナの耳に、ふと、クラスメイトのヒソヒソ話が飛び込む。アンナは、風真たちに声援を送りながら――もちろん、あくまでも振りだ――聞き耳を立てた。

「事件って、黒田のアレだよね。自殺じゃないの?」

「私も聞いた。でもね、他殺の可能性もあるんだって。ほら、よく聞くじゃん？　黒田の黒いウワサ」

「あー知ってる。学院内で二股《ふたまた》も三股《さんまた》も掛けてたっていうアレでしょ？」

おおっ、早速聞き捨てならない重要な情報だ。アンナはじっと、耳を澄ませる。

「えっ、生徒と付き合ってたってこと？」

「そう。しかもすぐポイ捨てするから泣いてる子もたくさんいるって。いつ刺されてもおかしくないレベル」

「酷《ひど》くない？　いくらイケメンだからって、人として許せない」

「ね。……あっこれヒミツだけど、黒田ってさ、夏本《なつもと》レナとも付き合ってるって聞いたことある」

「ウソ⁉」

「シッ！　聞こえちゃうよ！」二人が、クラスメイトの一人をチラ見する。

その視線の先では、制服こそ皆と同じではあるものの、髪を茶色に染め、顔にはギャルメイクを施した、少しやんちゃな雰囲気のある女子生徒が、皆と同じように目を輝かせながら、下を歩く風真たちを見下ろしている。

あの子が、夏本レナか――。

「ねね、それってまさか……パパ活的な⁉」

「かもね。ほら、あのコって、いかにもそういうことしそうじゃない？」

「わかる！」

二人は、さらに声をひそめながら、いつまでもくすくすと笑いあっていた。

4

「おいおいなんだよ、またお前たちかよ」

校舎の中に入ろうとした風真たちを、千曲鷹弘《ちくまたかひろ》と四万十勇次《しまんとゆうじ》が呼び止めた。神奈川県警の有能コンビ、通称タカとユージだ。某伝説的刑事ドラマから多大なる影響を受けているらしく、黒いサングラスを愛用する彼らは、何のご縁か、ネメシスと現場で遭遇することが多い顔なじみだ。ちなみに有能コンビというのは自称であり、他称はデコボコこンビである。

ユージは風真と栗田の前に立ちふさがり、行く手を阻《はば》むと、サングラスを外しながら凄《すご》んだ。「一体今度は何しにきたんだ？　今は警察の捜査中だぞ？」

「まぁいいじゃないですか。この間の爆弾騒ぎのときには役に立ったでしょ？　捜査の邪魔はしませんので」

「む。……あ、いや、そういうことじゃねーよ。不法侵入だっつってんの。……平先生もダメですよあんた、勝手にこんな奴《やつ》らを入れちゃあ」

「えっ、そうなんですか？　警察の方がお呼びになったと聞いたのですが……」平先生、と呼ばれた冴えない中年男性は、背中を曲げると、恐縮したように髪の薄い頭を掻《か》いた。

「呼んでねーよ。……てことはまさかお前ら、嘘《うそ》ついたのか？」

「まさか！」風真は、しれっとした顔つきで、「ただ『警察のほうから来た』って言っただけですよ。嘘じゃないでしょ？　ネメシスの傍《そば》に派出所あるし」

「一番悪質なやつじゃねーか」ユージは肩を怒らせた。「ダメダメ、立入禁止だお前ら！」

「まぁまぁ。いいじゃないっすか。こっちはこっちで勝手にやりますし、お構いなく」

「だからダメだって言ってるだろ！」

手刀を切るようにして校舎に入ろうとする風真を、タカが力ずくで止める。「そもそもお前らなんで来たんだよ。そんなに大きな事件でもねーだろこれ」

「そりゃあまあ、えーと……」すぐさま風真は、大仰な仕草《しぐさ》で自分の鼻先を指差すと「そうそう、臭《にお》うからですよ！　何しろ僕はこう見えて鼻が利くもんで」

「犬かよ！」

と、犬のように吠《ほ》えるタカの横で、ユージが忌々《いまいま》し気に呟く。「しかしこいつら、一体、どこから事件の情報を聞いたんだ……？」

「いいから帰れ！　もう結論は出てんだ」一方のタカは、なおも声を荒らげながら、「これは自殺だって決まってんだよ。悪いがもう探偵の出る幕はねーよ」

「自殺……？」風真は一瞬、栗田と目をあわせた。

しかしすぐに、タカに視線を戻すと、「なるほど、もう死因はわかってると。でも、だったらなんで、いつまでも捜査を続けてるんです？」

「それは……」

「もう出てるんでしょ、結論。なのに撤収しないのは何か理由が？」

「………」タカは口ごもると、ユージの顔を不安そうにちらりと見た。

本当に自殺ならば、事件性なしとして捜査はすぐに終わるだろう。にもかかわらずタカとユージがいつまでも現場にいるのは、彼らにも彼らなりに、この事件について何か引っ掛かりを覚えているからに違いない。

「あー、それはだなぁ……」返答に困ったようなユージの傍に、栗田が忍び寄る。

そして右手の甲で隠しながら、そっとユージに耳打ちする。「この事件、真相が暴《あば》けたら、お前らの手柄《てがら》にしてやるぞ」

ハッとしたように目を見開くと、ユージはくるりと背を向けた。

そして、ひとつ大袈裟《おおげさ》な咳払いをしてから、「あー、よろしい。不本意ではあるが、風真探偵の今までの我々に対する功績に免じて、今回だけは許可することとしよう。……タカ、現場に案内してさしあげろ！　丁重にな！」

「ははっ！　どうぞこちらへ」タカが、手のひらを返すような慇懃《いんぎん》さで、腰を低くして風真たちを案内し始めた。

単純で前のめりではあるが、大事なところでは意外と融通が利くし、ネメシスとの協力関係も決して全面的に拒絶はしない。何よりこう見えて、要所要所では頼りにもなる。

タカとユージ――彼らの存在も、ネメシスにとって貴重なものなんだよなぁ――。

名門女子高ならではの磨《みが》き抜かれたタイルの上を歩き、中庭へと歩を進めながら、しみじみそう思う風真に、ユージが事件の状況を説明する。

「被害者の黒田が転落死したのは、一週間前の昼休みのことだった」ユージは、中庭の片隅《かたすみ》、トラロープが張られた現場の前に立つと、その奥を顎《あご》で示しながら、「事件が起こったのは十二時三十分。その時刻にまず間違いないと思われる。ここからは校舎の大時計が目に入る。その時計が正確なものであることはすでに確認済みだ」

「なるほど」

「で、肝心の落下地点だが……」ユージは転落場所を指し示す。「ここに植え込みがあるだろ。その向こうに、他より少し低い歩道がある。当時、そこではタイル張り替えの改修工事をしていて、黒田はまさにその場所に落ちた」

ユージが植え込みを掻き分け、続くタイルの歩道を進むと、中庭の端《はし》へと向かった。

ユージの言葉どおり、植え込みの向こうの少し低くなった場所に、現場があった。周囲には、これから敷き詰めようとしていたであろうタイルの束《たば》や、セメントのバケツなどが置かれていた。割れたタイルやら抉《えぐ》られた土やらが酷く散乱しているが、さらに一段へこんだ部分には剝《む》き出《だ》しになった地面や、うっすらとした血痕《けっこん》が残されており、落下の衝撃の激しさを物語っていた。

ふうむ、ともっともらしく唸《うな》ると、風真は訊《き》く。「転落時に、工事の作業員は？」

「いなかった。ちょうど作業は休みだったようだ。お陰で二次被害が出なかったのは不幸中の幸いだったな」

「落ちた直後は、どんな様子でした？」

「そりゃあ、死体がドーン！　血がバーン！　タイルも何もかもガンガラガッシャーン！　って感じだ」タカが横から、大袈裟なジェスチャーで口を挟んだ。「直後に俺らがここにきたときには、まさにタイルの山に死体が埋もれてるような状況だったな」

「ああ。確かに酷い状況だったな……」と、ユージも顔を顰《しか》めた。「ちなみに黒田の死因は脳挫傷《のうざしょう》。一目で即死とわかる状態だった」

「頭から落ちたってことですかね。ところで、落ちたのはあそこからですか」風真は、すぐ横の校舎を見上げた。

五階建ての、まだ新しいコンクリート造りの校舎。そのてっぺんには手すりが見える。

「ああ、屋上からだな」風真と同じように見上げて手を翳《かざ》し、苦りきった顔つきで目を細めたユージが答える。「屋上の手すりは大体胸くらいまでの高さがあった。誤って落ちたとは考えづらい。争った形跡もないし、たぶん自分で手すりを乗り越えたんだろう、指紋も発見されている。屋上への出入りも自由だったようだ」

「なるほど、よくわかりました……けど」ひととおり説明を聞いた風真は、しばし低く唸ると、首を捻った。「ていうか、それだけの材料が揃《そろ》っていて、なんで自殺と断定するのをためらってるんです?」

「そうそこ！　そこなんだよ」核心を突く風真に、ユージは頭をバリバリと掻《か》き毟《むし》りながら、「俺らも断定してーんだけどさ、肝心の動機がわかんねーんだよ」

「つまり、自殺の理由が見当たらないと?」

「ああ。カネに困っていたような形跡はないし、人間関係で悩んでたわけでもない。むしろ誰に聞いても『黒田先生は自殺するとは思えない』って証言ばかりで、むしろ『ここだけの話、女性関係が派手で……』みたいな話を聞かされるくらいだ。俺の直感では、黒田は自殺するようなタマじゃねえな。そんな自由奔放っつーか自分勝手な奴が、簡単に自分から死を選びはしねーだろうからな」

「ていうかそれ、どちらかというと、殺される理由ですもんね」

「ああ。だから困ってんだよなー……」と、ユージは盛大に首を傾げた。

なるほどユージが悩むのももっともだ、と風真は思った。自殺する人間には自殺するだけの理由があるが、概ねそれはカネ、ヒトが原因になることが多い。つまり、金に困っているか、人に困っているか、そのどちらかあるいは両方が引き金となって悩み、自ら死を選んでしまうのだ。

――と、そのとき、誰かが風真たちの前に立ちはだかった。

「あなたたちはどなたですか？　この神聖な学び舎《まなや》に、何をしにいらしたんですか」

咎《とが》めるような口調。その方向に向くと、真面目そうな女性が睨《にら》むような顔をして立っていた。美人ではあるが、決して若くはない――。

「この学校の教頭だよ。南禅寺っていうんだ」ユージが風真に耳打ちする。「気を付けろよ。キツいからな」

ここの責任者か。風真はあえて腰を低くしながら、「あーすみません。私たちは探偵事務所ネメシスの者でして」

「探偵?」南禅寺教頭が、眉を顰《ひそ》めた。「探偵が、何の用です?」

「ええ、一週間前の事件について、調査をしていまして……」

「それは、警察の方の指示ですか」

南禅寺に視線を送られたユージは、「あー、えー、まーそんなところでして……」と、へへへと笑いながら誤魔化した。

しかし南禅寺教頭は、厳しい表情を変えることなく、「そうなんですか? 自殺として処理するとお聞きしていましたが、それは違うんですか」

「ええ、まあ、その……」

しどろもどろになるユージに、南禅寺教頭は、むしろ厳格さを感じさせる平板な口調で続ける。「理事長と校長が海外視察中で、今は教頭の私がこの女学院を預かる立場です。生徒たちもまだ動揺していますし、できれば警察の方には早々に原因を確定して、お引き取りいただきたいのですが」

「………」ユージは、そうしてえのは山々なんだけどなー、と言いたげにしながらも、無言のままで頭を掻き毟った。

黙ってしまったユージに代わり、風真が答えた。「そちらの状況はわかりました。しかし、私も探偵である以上、手ぶらで帰るわけにはいかない。一応、調べさせていただいてもいいですか?」

「警察としても、その必要があると?」南禅寺が、ユージを睨む。

「あー、ええ。悪いんすけどね」ユージが、目線をあわせずに答える。

南禅寺教頭は、しばし風真とユージを交互に、見比べるように見つめた後、盛大に溜息を吐きながら答えた。「……仕方ありませんね。申し上げたいことはありますが、とりあえず、今日一日だけは自由行動を許可いたします」

「ありがとうございます!」

「手早くお願いします」風真の言葉に、南禅寺はくるりと踵《きびす》を返して答えると、大股でまたどこかへと去っていった。

南禅寺教頭が見えなくなってから、風真は呟くように言った。「あの教頭先生、あまり協力したくないって感じでしたね」

「まー由緒ある学校だからな。自殺ってことにしときたいんだろ」

「彼女も必死なんだよ」ユージに続けて、栗田も言った。「自殺でさえ十分な不祥事だ。もしこれが殺人ということになれば、学校の看板にも大きく傷がつくだろう。理事長や校長がいない間の出来事ならば、誰の責任問題になるか。それを考えれば、あの態度も理解はできる」

「なるほどね。大人は大変だ」肩を竦めつつ、風真は再び校舎を見上げる。

八時三十分。大時計が、ちょうどチャイムを鳴らし始めたところだった。それは本家本元ビッグ・ベンの音色に勝《まさ》るとも劣《おと》らないほど厳《おごそ》かな、ウエストミンスターの鐘だった。

5

「……で、あそこが黒田さんが転落した場所ってわけね」風真から説明を聞いたアンナは、窓ガラス越しに、はるか真下に見えるタイルが散乱した現場を見下ろしながら言った。「あー、ここから見ても、衝撃の大きさがわかる」

「だろ？　まあ、五階分の高さから落ちたんだからそうなって然《しか》るべきなんだろうけど」と、相槌を打ちながら、風真は人差し指で上を指差した。「ともあれ黒田さんはこの真上にある屋上から、真下の現場へと転落した、ということになる。まさに、この窓のすぐ向こう側を通って」

「なるほど？」アンナは、窓を開けてさらに下を覗こうと、窓枠に手を掛けた。

窓枠には埃《ほこり》が積もり、小さな謎綿毛だのよくわからない黄色の謎繊維だのがついてい

「うわ、掃除してないんだ」と、思わずアンナは顔を顰めつつ、再び下を覗いた。工事中か——改修前のタイルはまだ綺麗そうに見えるけど、もう張り替えちゃうんだな。

名門校にふさわしく、いつも校内は美しくということか。

——今は、午前十時過ぎ。授業の合間、十分の短い中間休み中だ。

アンナは教室を抜け出すと、情報交換をするため、風真にメッセージアプリで指定されたこの『実験準備室』へとやってきた。中庭に面した校舎の五階。南に向いていて日当りがよく、今も日差しがよく差し込んでいるのだが、にもかかわらずなんだか陰気で背筋が冷えるような印象が拭《ぬぐ》えずにいる。それもこれも、古めかしい薬品棚や、何に使うかわからない薬瓶《くすりびん》や実験道具などが置いてあるせいだろうか。あるいは——。

「さっき、一応すぐ上の屋上にも行ってみた」背筋を寒くするアンナには構わず、風真が続ける。「警察が言っていたとおり、屋上は出入り自由だったし、誰かが争ったような形跡もなかった。ユージたちがまず自殺と考えたのはもっともだ」

「げ、まさかあの二人、今日もいるの?」アンナは顔を顰めた。

「ああ。なんつーか、もはや腐れ縁だな」風真は苦笑いを浮かべた。

「だが、お陰で重要な情報が手に入れられる」栗田は、真面目な顔で続けた。「さっきも、黒田が随分女性関係が派手な遊び人だったという情報を教えてくれた」

「そんな奴が、簡単に自分から死を選びはしねー……とも、言ってましたね」と、風真。

「あーそれ私も聞いた」と、アンナも続ける。「『いつ刺されてもおかしくないことしてる』って。女関係にだらしなくて、ここの生徒とも付き合ってたっぽいよ」

クラスメイトの言葉と、夏本レナの顔を思い出しながら、アンナは相槌を打った。

「となると、雪村さんが疑っているように、他殺の線も出てくるわけだ」風真がさらに続ける。「そこで俺、不肖風真尚希は、事件当時の関係者のアリバイを少々調べてみた」

「なにそれ有能っぽい」

「ぽいんじゃねー、有能なんだよ。てかアンナ、お前はいつもそうやって俺のことをからかって……」

「いいから先」

「ハイ」アンナの言葉に素直に頷くと、風真は、「まずあの厳しい南禅寺光江教頭。彼女にはアリバイがある。黒田が転落死した十二時三十分、彼女は男性教師である平天彦《あまひこ》と会議をしていたんだ」

「平って?」

「俺たちを案内していた男だよ。アンナも上から見ていただろう」

「あー……」栗田の言葉に思い出す。あの冴えない雰囲気の中年男性のことだ。あの人教師だったんだ。「てことは、南禅寺教頭先生と平先生、この二人にはアリバイありってことね。ほかの人は？」

「ん？　まだそれだけだよ」

「えっ、まだそれだけ？」

「うん。というか全員の昼休みのアリバイを短時間で全部洗い出すなんて、不可能だろ」

「確かにそうだけど……そもそもこの事件、どれだけの関係者がいるの？」

「生徒と、教職員のすべてだな」風真に代わって、栗田が答えた。

「何人？」

「一クラス二十人。三学年で六クラス。教員は計二十人。ほかに事務員、用務員、警備員が十二人いるから」

「百五十二人ね。で、私たちがここにいられるのはいつまで？」

「今日まで」

「えっ⁉　ウソでしょ」アンナは目を瞬く。

「ウソじゃない。南禅寺教頭に期限を切られてしまったんだ」栗田が、苦々しげに言った。

「えー、マジでー……」

アンナは思わず、うーんと唸った。これから一日で百五十二人なんてさすがに無理だ。風真と栗田、あとタカとユージの協力があったって、調べきれないだろう。

しかしアンナは気を取り直しつつ、「ちなみに、部外者はいるの？」

「いない。学外に監視カメラが回ってて、不審者は侵入していないということを、警察で確認している」

「なんだ、カメラあるんだ。だったら学内の監視カメラを見て吟味すれば少しは絞り込みも……」

「残念ながら、それはできない」栗田が、渋茶《しぶちゃ》でも飲んでいるような表情で首を横に振った。「学内には一切のカメラがないんだ」

「えー何で？」

「プライバシーの尊重ってやつだ」

「保護者がうるさいんだと」風真が、肩を竦めた。「お陰で外の警備は万全、しかし中ではやりたい放題、ってわけだ」

「ちぇー、結局、容疑者を全員集めて話を聞くしかないってことかー」

とは言っても、そんなこと本当にできるのかな？

アンナが考えを巡らせたそのとき、予鈴が鳴った。

＊

「いっけない！　私、授業あるから戻るね」慌ててスマホで時刻を確認すると、アンナがバタバタと走りだした。

「あっ待て、くれぐれも」

「わかってる！」と一言述べようとした風真に、アンナは言った。「安心して。こっちでもちゃんと聞き込みは続けるから。……てなわけで、また後で！　インドのトンボ！」

満面の笑みで、両手を上げたトンボの謎ポーズ――。

「はあ？　なんだそれ」と苦笑しながら、風真はバタバタと出て行くアンナを見送ると、

「あいつ、ノリノリだなぁ。……ねえ栗田社長。あいつああ見えて、かなり女子高生の生活を満喫して……」

振り返ると、栗田もまた両手を上げたトンボのポーズ。しかし――。

びっくりするくらい、無表情。

「……何やってんすか」と、風真は呆れ顔で突っ込んだ。

栗田は、ややあってからそっと両手を下げると、「それはさておき」と、何事もなかったかのような表情で風真に向き直った。

「風真、お前百五十二人もいる容疑者をどうやって処理するつもりだ？」

「どうって……まぁ、地道に聞いてみるしかないんじゃないですかね」

「正気か？　一人十分でも二十五時間以上かかるんだぞ。一人一人に聞いている暇はない」

「じゃあ分担して……」

「同じことだ。時間がないことには変わりないだろ」

「だったら、どうすれば」

「そうだな……」栗田は、顎に手を当てしばし考えると、「あいつを呼んだらどうだ」

「あいつ？」風真は、これでもかと歪《ゆが》めた顔で、「まさか……そのあいつって、あいつのことっすか？」

「ああ、そのあいつだよ。人間に無理なことなら、人間じゃないものにやってもらうしかないじゃないか」

「えー……気乗りしないなぁ……」風真は、しばし承服しかねると言いたげな顔で唸った。

だが、それ以外に方法はないと観念したのか、やがて渋々の体で言った。

「仕方ないですね。……でも、ややこしいことになっても俺、知らないっすよ」

そして、スマートフォンを取り出すと、歪めた顔のままで、どこかに連絡を取った。

6

「……というふうにすれば、公式を誘導できます」

中年の男性教師が、黒板に大量の数式を並べながら、淡々と説明を続けていた。「このやり方さえ知っておけば、わざわざ公式を覚えなくとも再現できますし、その道筋そのものは、問題を解くのにいくらでも応用ができるというわけですね」

決してよくとおる声ではなく、むしろ聴きづらいくらいだ。

だが生徒たちは皆、私語を交《か》わすこともなく、じっと授業に聞き入っている。さすが名門女子高校だけのことはあって、レベルはかなり高い。

だが、そう思いつつもアンナはあくびを噛《か》み殺《ころ》した。確かに普通よりは高いかもしれないけれど、私的には割と初歩的な話だ。こんなことしてる場合じゃないんだけどなぁ

――。

「じゃ、この問題を前に出て解いてみて。……そうだね、美神くん」

「はっ？　えっ？」突然名指しされ、アンナはあくびをごくりと飲み込んだ。

教師が眉根に皺《しわ》を寄せている。しまった、つまらなそうにしているのを見られちゃったかな？

「えーと……すみません、どの問題ですか」

「百四十二ページ。聞いてなかった？」

アンナはすぐに教科書をめくって問題を確認する。

あー、このタイプの問題ね。これなら簡単、暗算でできる――アンナはそそくさと黒板の前に出ると、チョークを握り、えい！　と、答えだけを書き付けた。

だが少しして、教室がざわつき始める。「え、この問題って……」「ちょ、これヤバくね？」「大学でやる数学じゃん」と囁く声も、ちらほらと聞こえてくる。

あれ、もしかして私、何かやらかした？

アンナが不安を覚えながら振り向くと、男性教師が頭を掻きながら、慌てていた。

「……どうかしました？」

「あーすまん、さっき百四十二ページって言ったけど、百二十四ページの間違いだった。

こっちはさすがに君たちには解くのが難しすぎて……」

そこまで言いかけた男性教師は、しかし、黒板を見てあんぐりと口を開けた。「せ、正解だ。けど君、これどうやって解いたんだ？」

男性教師は、困惑した顔つきでアンナに詰め寄った。

「どうやってって言われても……」頭の中で解いたんだけど。

しかし、素直にそれを言ったらまずいことになりそうだという雰囲気を感じ取ったアンナは、咄嗟《とっさ》に、教卓の上に開いてある教師用の教科書を指さした。「あ、えーと、そこに正解が見えたんで……そのまま書きました！」

「おい！」

あはは、と教室に笑いが起きた。なんだよ、脅かすなよ——と、男性教師も、怒ったようなほっとしたような、微妙な表情を見せた。

よかった、とりあえずこれでオッケーみたい。

ほっと胸を撫《な》で下《お》ろしたアンナのお腹が、不意に、くぅと鳴った。

と同時に、昼休みのチャイムが鳴った。

「……へっへっへ」

先生が教室を出て行くや、アンナはすぐさま、朝方購買所で入手しておいたお弁当代わりのやきそばパンを三個取り出した。

エネルギーが切れる寸前だった。危なかった――と安堵《あんど》しつつ、持参の七味唐辛子を振り掛ける。

美味しくなあれ、美味しくなあれ――。

やがて、真っ赤になったそれらに、満を持してかぶりつく――。

「ねえ、最高だったね！」と、突然誰かが背後から話しかけてきた。

「うわっ！」誰⁉ と、机一面に七味唐辛子を撒き散らしながら、アンナは振り返る。

「あ、食事中だったんだ。ごめんごめん」と、夏本《まち》レナが笑顔を見せていた。「さっきはマジびっくりしたよ！ ヤバイ天才が転校してきたと思っちゃった」

「まさか！ あんな問題、解けるわけないよ」と、一応言っておく。

「だよね。でもまあ気にしなくていいよ。あれ、大学院生でも難しいレベルだから」あははっ！ と屈託なく笑うと、レナは改めて自己紹介をした。「私、夏本レナっていうんだ」

知ってる、と思いつつアンナは、「私は美神アンナ。えーと……夏本さん？」

「固いなー。レナでいいよ。あんたもアンナでいいよね？」

「もちろん。よろしくね！」

「こちらこそ！ てか早速だけどアンナ、それ七味掛けすぎじゃね？ ウケる！」

「そんなことないよ、結構イケるよ」

「マジで？　じゃー今度あたしもやってみようかな。辛いの好きだし」

そう言うとレナはアンナの向かいに座り、コロッケパンを頬張り始めた。

パンに齧《かじ》り付《つ》きながら雑談をしているうち、なんとなく、周囲のよそよそしい視線に気づいた。

クラスメイトたちと距離を感じる。それは私が転校生だからだろうか？　いや違うな、この感じは――。

「あーごめん。これ、あたしのせいだわ」察したのか、レナが申し訳なさそうに、自分のギャルメイクを指差しながら、小声で言った。「ほら、あたし見た目がこんなだからさ。クラスで浮いちゃってるんだよね。アンナも迷惑だったら言ってね」

「そんなことないよ！　だって好きでやってるんでしょ？」

「もちろん。あたしはメイクに命掛けてる」と、レナが胸を張る。

確かにこの学校のカラーとは違うかもしれないが、そういう信念、嫌いじゃないぞ。レナのメイクが、彼女の顔立ちによく似合っているのは確かだし。

アンナは、無意識に呟いた。「そのメイク、いいよね」

「あれ、もしかして興味ある？」

「うん。なんかカワイイじゃん」

「マジで？」ガタン、とレナが席を立った。「だったらちょっと、顔貸して!?」

「えっ、どこ行くの？」

「そーじゃなくて」レナは、アンナの顔を両手で挟んだ。「リアルにコレ貸して！」

——十分後。

「いやー、自己紹介のときから思ってたんだ。アンナの顔、絶対モレるって」レナは、嬉々《きき》としてアンナの顔にメイクを施していた。「ほらね、メイクのノリもバッチリだし！めっちゃカワイイし！」

「そ、そーかな」

「そーだよ！　あ、危ないから目は閉じててね」

「わかった」目を閉じながら、アンナは相槌を打った。

ちょっと予想外の展開だ。まさか昼休みにメイクされることになるとは。しかし悪い気はしなかった。メイクなんてあんまりしたことないし、面白そう。自分の顔がどういうふうに仕上がっているのかわからないが、それもまた妙に楽しい。

「アンナがノリ良くて嬉《うれ》しいよ」ワクワクしながら顔を差し出すアンナに、レナが少し寂《さび》しそうに言った。「あたし、あんまり趣味が合う子がいなくってさー」

「そうなの？」

「うん。格好見たらわかるじゃない？　みんなマジメだからさ」ははは、とレナは乾いた声で笑った。「ほら、この学校って『自由自立自主自制』がモットーじゃない？　それいいじゃんって思って入学してさ。実際に自由を尊重して自由なカッコをしてるつもりなんだけど、皆はそんなに自由でもなくってね」

「あー、『自制』のほうを重視してるんだ」

「そそ。だからあたし、みんなと違う感じになっちゃってるんだよね」

繊細に刷毛《はけ》を扱いながら、レナはぽつりと言った。「……だからあたし、浮いちゃうのかなぁ」

「そんなことないよ！」アンナは、力強く励《はげ》ますように言った。「私は、レナはそのままでいいと思う。自由って大事だもん」実際、インドにいたのは個性的で自由人ばかりだった。自由が行き過ぎておかしなことになっちゃってたくらいだけれど、だから皆がアンナの才能を認めてくれていたのもまた事実だ。

「ありがと。……ごめんね、なんかギャルっぽくないこと言って。はいはいウェットな話はここまで！」レナはわざとらしく明るい口調に切り替えると、「てかアンナ、さっきの中間休みはどっかに行ってたの？」

あ、レナは私の動向を見ていたんだ、と思いつつアンナは、「校舎の中を見て回ってたよ」

「そーなんだ。あ、五階の実験準備室は行ったらダメだよ」

「えっ!?」まさに、その部屋に行ってたんですけど！　「……な、なんで？」

焦るアンナに、レナは声を潜めると、「あそこさ……出るんだよ。幽霊が」

「なんだ、そっちか」

「そっち？」

「あ、いや……えーマジでコワーイ」

棒読み演技のアンナに、レナは「マジだよ」と、神妙な顔つきで続けた。「あの部屋にいると、誰もいないのに、どこからか男女が言い争っているような声が聞こえてくるって、もっぱらのウワサでさ」

「そうなんだ」声がするから幽霊が出るとは言えないような気がするが——まぁ、ヘンな雰囲気がある部屋だったのは事実だし、きっと、噂《うわさ》が噂を呼んだ結果なのだろう——。

そのとき、校内放送が流れた。

『あー、あー、……美神さん。美神アンナさん。至急、職員会議室にお越しください。繰り返します。美神アンナさん。至急、職員会議室にお越しください……』

「あ、私だ」栗田の声だ。何かあったのかな。

「呼び出しじゃん」と、レナが苦笑しながら、「とりまメイク終わるね。アンナ、ばっちり可愛《かわい》くなったよ」

「ありがとね、レナ！」

「転校早々何かやらかした？」

「わかんない！」アンナは元気よく立ち上がった。

7

「な、なんだその顔は！」

捜査のために提供された会議室——元々あまり使われておらず、倉庫代わりにされていたという部屋だ——に現れたアンナを見て、風真がぎょっとした顔をした。「お前……何があった？」

「可愛いでしょ。まだ鏡見てないからどんなふうになってるのかわかんないけど」アンナは、首を小さく傾ける。

「可愛いつーか、今風っつーか、なんつーか……」コメントに困ったのか、風真は逃げるように栗田を見た。「どー思います？　コレ」

栗田は、大きく頷いた。「うむ、悪くない」

「えっ、そうなの？」

「で、何の用？　昼休み中だったんだけど」

「ああ悪い、お前はお前で調査中だったんだよな」

レナと喋《しゃべ》ってただけだけどね――と心の中でペロッと舌を出すアンナに、風真は気を取り直して言った。「実は、助《すけ》っ人《と》に来てもらったんだ」

「助っ人？」

「あいつだよ」風真は微妙な表情を浮かべると、親指で背後を指差した。

見慣れない男。さっきから気になっていたのだけれど、彼が助っ人なのか？　アンナはその男をまじまじと観察した。

背が高く、足も長い、つまりすらりとスタイルのよい男だ。タートルネックにタイトなジップカーディガン、スリムジーンズをすべて黒で統一着こなしている。顔つきは左右対象に整っていて、かなり若そうだ。肌も綺麗で、白い歯が唇《くちびる》の間からキラリと覗いていする。理知的な黒い瞳も印象的だ。

「イケメンだね」

「まーそれは否定できんな」風真は、少し困ったように眉根を寄せると、「彼は姫川烝位《ひめかわじょうい》。普段はシリコンバレーで研究をしている男だ。なんとかっていう技術を活用した人工知能のスペシャリストで、最近なんとか賞も貰《もら》ったらしい。あと何の雑誌か忘れたが、十八歳にして『世界を変える五十人』に選出されている」

「選出されたのは十五歳のときです」スカした印象の姫川は、風真のほうを見ることもなく、片手で紙のように薄いノートパソコンを叩《たた》きながら答えた。「あと風真さんの情報、ちょっと不明確すぎませんか？　わからないなら言わないほうがいいです。時間の無駄ですから。まあ、風真さんだけ時が止まってるのかもしれませんが」

「ぐぬ」

ずけずけとした酷い物言いに、ぐうの音も出ない風真。

アンナは肩を竦めながら、「掻《か》い摘《つま》むと、とにかくあの人はＡＩの天才ってわけね」

「そ、そういうことだ」

「でもなんでそんな人がここに？」

「いや、今は姫ちゃんの力が必要だと思ってな。まぁ若干不本意ではあるんだが……」

と、あまり関わりたくないという顔で風真は答えた。

しかし姫川は、なおもスタイリッシュな姿勢でパソコンに何かを打ち込みながら、お構いなしに風真に問うた。「そういえば風真さん、最近は有名人らしいですね」

「いや、そうでもないが」

「謙遜《けんそん》も時間の無駄ですよ。ニュースでも随分取り上げられているようですし。本音を言ったらどうですか？」

「うん。本当は超嬉しい」

「そう、その厚かましさこそ風真さんです」

「……何なんだよ」風真がどっと疲れたように肩を落とす。

「その厚顔無恥な風真さんに、これだけは忠告として申し上げておきたいのですけれど」

姫川は、口調も表情も変えないままで続ける。「風真さん、そろそろ次の仕事を探されたほうがいいと思います」

「えっ、姫ちゃん、なんで？」

「風真さんが仕事できるのも、今だけですから」

「えっえっ、わかんないわかんない。どういうこと？」

「ほんと鈍《にぶ》いですね」姫川は、あからさまな冷笑を口元に浮かべると、「風真さんは間もなく無職になると予告しているのです。なぜなら、探偵の役割を、僕のＡＩが取って代わるようになるのですから」

「ＡＩが？　探偵に？　……いやぁ、さすがにそれは」

「ないと考えています？　甘いですね」ないんじゃないかな、と言おうとした風真に、姫川は被せるように言い放った。「人間の脳はニューロン細胞が作る回路。ＡＩもシリコンが構成する回路。どちらも原理は同じなんですよ。だとすれば当然、人間の行動はすべてＡＩにより理解と分析ができることになり、必然的に、人間の行動に関わる職業もＡＩに代替できるということになるんです。つまりですね、探偵も警察も不要になるということなんですよ。これって、自明の理だと思いませんか？」

「…………」

風真は返す言葉に問《つか》えたように、黙り込んでしまった。

アンナはひそひそ声で、傍にいた栗田に問うた。「あの人、風真さんの知り合いですか？」

「そうらしい。昔、塾の講師をやっていたときの教え子だと聞いた」

「出た！　昔やってたシリーズ」

「教え子のほうが優秀そうだから、風真が教わっていたのかもしれん」

「どっち」

「おいおいおいおいおい」姫川の言葉を聞いていたのか、タカが肩を怒らせながら、横から口を出した。「今の言葉、ちょいと聞き捨てならないっすねぇ姫川センセ？　警察が不要になる？　まさか！　そんなことを言っちゃぁいけませんぜ。そもそもAIなんかに捜査ができるとは思えませんが？」

目を三角にして凄むタカに、しかし姫川は片方の眉だけを器用に上げると、「そうでしょうか？　僕の作ったAIは東大の入試問題を合格レベルまで解きました。そのAIが捜査できないのだとすれば、あなたがた刑事さんはさぞ優秀な方々なのだと思いますが……さて、あなたが一体どちらの学校を出られたか、教えていただいても？」

「うぐぐ……」タカは下唇を嚙み締めながら、逃げていった。

タカの後ろ姿を見ながら、姫川は嘲《あざけ》るように言った。「学歴など何の意味もなさないと思うのですが……人間はやはりAIには遠く及ばない」

「そういえば、そんなニュースありましたね」

「ああ」アンナの呟きに、風真は頷くと、「今気づいたよ。あのニュース、姫ちゃんの仕事だったんだな。まぁ……大したもんだよ。認めたかないが」

「あれは認めてもらうような仕事じゃありません」地獄耳なのか、姫川がアンナたちの会話に割って入った。「率直に言えば、AIが東大の入試を解いたからといって、何も驚くようなことはないのです。そもそもあれは予算取得のために行っているただのパフォーマンス。むしろAIの真価は、入試のような定型のものではなく、人間以上の何かを生み出せる可能性があるという点にあります」

「できんのかね」

「もちろんできます。できないわけがない」風真の疑問に、姫川は強く請け合った。「プラトンの時代から進化していない人間と比べて、AIは常に進化しています。いずれAIが人間に代わり、人間以上の理論を生み出すのは必定。そうなれば、人間にAIが近づくのではなく、AIを人間が追いかけなければならない……そんな時代がくるのは言うまでもないことかと」

人間にAIが近づくのではなく、AIを人間が追いかけなければならない。

おお、名言っぽい――と心の中で感心するアンナをよそに、姫川はけろりとした顔で、エンターキーをターンと高らかに叩いた。

「さて、プログラミングはこれで完了です。早速始めましょうか。……風真さん。まずはお昼休み終了後、体育館に関係者全員を集めていただけますか？　すぐ終わりますから」

「何するんだ？」

「いいから僕の指示どおり動いてください。どうせ説明してもわからないでしょうから」

「ちぇっ、こき使うなぁ……」助手のように扱われた風真は、毒を吐きながらも、粛々《しゅくしゅく》とその指示に従った。

——十分後、体育館に教師、職員、生徒たちが全員集められた。

風真たちのこの行動に、烈火のごとく怒るのではないかと思われた南禅寺教頭は、意外にも文句を言わず首肯した。「今日一日だけは自由行動を許可」すると言ってしまった手前、反対しづらかったのかもしれない。もっとも、眉間《みけん》に皺が寄った顔つきは不機嫌そのものだったが——。

「あーあ、気に入ってたんだけどな……」渋々ギャルメイクを落とした後、アンナも生徒たちに紛《まぎ》れて、壇上の姫川を見上げた。

姫川は、満足げな表情で一同の顔を見回すと、ざわつく一同に向かって、コホンと咳払いをしてから、おもむろに切り出した。

「はじめまして。AI研究者の姫川です。えー」どこかで見たような物まねをしながら姫川は言った。「皆さんにはこれから、殺しあいをしてもらいます」

「えっ⁉」一同がしん、と静まり返る。

「というのは嘘で」姫川は、ニコッと白い歯を見せると、「これから皆さんには、午後の時間を使って、捜査にご協力をいただきます」

そして、手元のスマートフォンを高く掲げると、「捜査と言っても、やることはシンプルです。まず皆さんのスマートフォンに、あるアプリをインストールしてもらいます。それからアプリを起動し、指示にしたがってください」

皆さんがやるのはそれだけです、以上、解散！　――と、姫川は朗々とした声で述べた。

妙な説得力につられたのか、アンナを除く百五十二人が一斉にスマートフォンを取り出した。

姫川烝位――真面目なんだか不真面目なんだかよくわからない、摑《つか》みどころのない人だなぁと、アンナはしみじみ思った。

8

「えー何これ、ヘンなアプリじゃないよね」「先生もインストールしてるし、大丈夫じゃね？」「ていうかコレ、スマホゲーみたいで面白そ」

そう口々に言いながら、女子生徒たちがやけに楽し気に体育館を後にしていく。

「後は勝手に情報が溜《た》まっていき、ＡＩが自動で分析を行います。僕らがやるのは待つことだけですね」

姫川の言葉どおり、アプリそのものはインストールすれば後はそれぞれで実行すればよく、この場にいる必要はないらしい。

アンナも再び教室へと戻る——ことはなく、こっそり授業を抜け出すと、会議室で風真たちと合流した。

会議室には、風真と栗田、姫川のほか、タカとユージがいた。

分析は一時間ほどで終わるという。手持無沙汰《てもちぶさた》になったアンナは、好奇心から、アプリをこっそりインストールして立ち上げてみた。

最初の画面で出てきたのはタイトルだった。

『名探偵・姫川のAI推理　アリバイを暴け！』——アニメ風の派手なギミックとともに現れる。なにこれゲームみたい、と思いつつスタートボタンをタッチすると、そのあとに出てきたのは、自らを『執事』と名乗る、三等身ポリゴンにデフォルメ化された姫川だった。

『一週間前のお昼休み、あなたは何をしていましたか？』と、ポリゴン姫川が問う。ユーザーはそのまま音声入力すればいいらしい。試しに「ご飯を食べていました」と言うと、デフォルメ姫川がさらに問いを重ねる。『なるほど、では、どこで誰とご飯を食べていたのでしょう？』『何を食べたのですか？』『ちなみにその人は、どんな様子だったか覚えていますか？』などと、さまざまな質問を矢継ぎ早に返してきた。

なるほど、こうやって全員の行動情報を一度に、かつ効率的に収集していくってわけか。よくできてるなあ。しかも作りが無駄に凝《こ》ってるせいか、謎を解いているような面白さも感じられる——。

「いや無駄に凝ってるな、コレ」横で、風真もまったく同じ感想を述べた。

風真と栗田も、姫川のアプリをインストールしていたらしい。

「この短時間でこのクオリティ。さすがだな」老眼だからだろうか、スマホを遠くにして目を細めながら、栗田は言った。「ここまでのプログラムを組むのは並大抵の技じゃない。しかも情報はすべてＡＩが分析して、言動の確実さや、真偽、果ては犯人の確率まで弾《はじ》き出《だ》せるらしい。まさに完璧《かんぺき》な仕事だ」

「悔《くや》しいが、姫ちゃんの才能は認めざるを得ないんだよなぁ……」と、風真も渋々頷く。

そうしている間にも、アプリは教師や職員のスマートフォンにもインストールされ、関係者百五十二人の情報が、全方位から蓄積されていった。

その間、姫川は一人会議室で、黙々とノートパソコンに向かい、カタカタカタカタと猛スピードでキーボードを叩いていた。

よくあんなに早く動くなあ。まるで指が別の生き物みたいだ——そう思いつつも、好奇心がむくむくと頭をもたげたアンナは、姫川の後ろからそっとノートパソコンを覗き込む。

ディスプレイには、細かな文字列が目にも止まらぬスピードで流れていた。しかもあるウインドウでは緑色の1と0がランダムに流れ、あるウインドウにはコップのような図形と、そこにどんどん水が溜まっていくエフェクトが表示されている。

不意に、姫川が言った。「どうです？　これ、B級映画の分析シーンみたいで面白くないですか」

アンナが覗いていることに気づいていたのだろう。姫川はなおも、アンナに振り返ることなく続けた。「水がいっぱいになれば、情報が十分蓄積できたことを意味します。まあ、別にこんな画面にする必要性は、まったくないんですけれどね。そもそもこの文字列、全部ダミーですし」

「あはは、そんな気がしてました」

「お好みではないですか？」

「いやいや、そーいうの私も好きですよ、形から入るやつ。『DANGER! DANGER!』みたいな表示とか、ベタな警告とか、めっちゃ好き」

「無駄にアラート音がやかましいと、なおいいですね」

「わかる！　でもそれ、時間の無駄じゃないですか？」

「意図する無駄な時間は、時間の無駄ではありません」

風真が聞いたら、目を白黒させそうな回答だなーと思いつつ、アンナはディスプレイを指差した。「……この右下のウインドウ、意味ありそうですけど、何の情報ですか？」

「被害者である黒田さんの情報です」指差すアンナに、姫川はウインドウをディスプレイの中央に持ってくると、「逐一《ちくいち》、新しい情報が入ってきているようです。見てみましょうか。どれどれ……ああ、これはヒドイ」

苦笑した姫川に、アンナも覗き込む。そこには、『黒田が校内の誰かと密《ひそ》かに交際して破局、その怨恨《えんこん》による殺人じゃないかという噂』や『黒田が街で色々な女性と歩いているのを目撃されているという情報』等々、女性関係のだらしなさに関するエピソードがこれでもかと並んでいた。しかも中には、相手が夏本レナだという証言まである。

「こんな手当たり次第に手を出してるんじゃぁ、そりゃ恨みも買うよ」アンナは呆れたように言った。

「女子校の教師という職業は、彼にとって天国のようなものだったのかもしれませんね」

顔を顰めるアンナに、姫川はさらりと答えた。

やがて、パソコンに表示されたコップに、ぎりぎりまで水が溜まると、その上に大きな

『COMPLETE』の表示が上書きされた。

それを確かめるや、「はい、これで情報収集は終わりです」と、姫川は、おもむろに立ち上がり、会議室に集う一同に向かって言った。「さて皆さん、これからAIが、集められた膨大な情報を総合し、公平公正な観点から速やかに判断を行います。人間を超えたAIの進化に皆さんも驚愕《きょうがく》するがいい！　そう風真さん、あなたも！」

と、得意げに後ろに振り向き、人差し指を突きつけた。しかし――。「うわお！」

姫川は叫びながら身体《からだ》ひとつ分、飛びのいた。「何だこれは！」

姫川が指差す先にあったのは、人体模型だった。

右半分は人間だが、左半分はグロテスクな内臓が露出する、理科室によくありそうな代物。姫川は驚愕の表情で、「だ、だ、誰ですか！　こんな悪質なイタズラをしたのは！」

「いや、最初からありましたけど……」と、タカが弁明する。「置き場所がないらしくてそこに置いてるらしいです。ハイ」

「なんだよ紛らわしいなもう……じゃあ、か、風真さんは？」

「俺はこっちだ」反対側の片隅で、風真が小さく手を挙げた。

くくっと含み笑いを隠せない風真に、姫川は、「なんなんだこの時間の無駄は……」とあからさまにむっとしつつも、仕切り直すようにコホンと小さく咳払いをすると、何事もなかったかのように続けた。「……ともかく、情報が集まれば、答えはものの一秒ではじき出せます。ハイ！」

エンターキーを、ズドンと叩いた。

数秒後――ディスプレイには、巨大な数字の『4』が、ピッという電子音とともに点灯した。しかも7《セブン》セグメントのデジタルフォントだ。

うわぁB級っぽい、と苦笑するアンナをよそに、姫川は、詳細を示すサブウインドウの文字列を見ながら言った。

「なるほど、ＡＩはこう結論づけていますね。つまり、被害者である黒田秀臣さんが死んだ十二時三十分にアリバイが認められず、犯人である確率が高いのは……まず女子生徒の秋沢愛《あきさわあい》さん、冬石唯《ふゆいしゆい》さん、夏本レナさん、そしてカウンセラーの雪村陽子さん、この四名のようだと」

9

「この四人には明確なアリバイがない。したがって犯人である確率が高い。と、ＡＩは判断しているようですね」ＡＩがはじき出した結果をしげしげと見ながら、姫川は言った。

「ちなみにＡＩは、彼女たちの視線や声色から、嘘を吐いている可能性が高いとも判定しています」

「視線も見ているのか」

「ええ、もちろん」驚く風真に、姫川はそれくらい当然だと言いたげな表情で言った。「別にびっくりするようなことではないと思いますけど。内蔵カメラを利用してサーチするだけですから」

アンナは思う。ＡＩが多角的に分析して導き出した四人。このうち秋沢愛、冬石唯、そして夏本レナはいずれも生徒だ。一方、カウンセラーの雪村陽子も対象になっていたのは、少し意外だ。依頼人である雪村が、実は犯人だということがあるのだろうか？

「……とにかく、これで容疑者は絞られました。早速呼び出して、僕から事情を聴きましょう。警察とネメシスの皆さんは、端っこで見ててください」

姫川の提案に、反論する者は誰もいなかった。

――かくして、まず秋沢愛が会議室に呼ばれた。

「十二時三十分ですか？　その時刻はトイレにいましたけど……」

彼女は、背が高いが、弱々しく線の細い印象のある女の子だった。会議室に呼び出された胸元まで伸びたロングヘアーの愛は、細面の顔に少し怯《おび》えたような表情を浮かべながら、おどおどと姫川の質問に答えた。「あのとき、事件があったことは知っています。でも、実際に何があったかは全然知らなくて……」

「なるほど?　あなたがトイレにいたことを証明してくれる人はいますか?」

「いませんけど……」

「では昼休みを通じ、あなたが誰かと一緒にいたということは?」

「特に誰とも一緒にはいませんでしたけど……授業には出ましたけど、あとはずっと一人でいましたし……」愛は、ややあってから眉を顰めると、「……もしかして、私、疑われているんですか?」

「そういうわけではありません」

「いえ、いいんです。黒田先生、誰かに殺されたんじゃないかって噂ですから」愛は、悲観するような笑みを口元に浮かべると、「でも……私を疑ってるのなら、もっと怪しい同級生がいると思うんですけど」

「それは誰ですか?」

「隣のクラスにいる、夏本レナさんです」身を乗り出した姫川に、愛は視線を合わせずに答えた。「あの子、黒田先生とこっそり付き合ってたっていう話を聞いたことがあります」

「付き合っていた。だから殺した、ということですか」

「そういうことじゃないんですけど……」愛は、言葉を濁《にご》しながら、「すみません。余計なことを言いました。私からこれ以上お話しできることは、何にもないです」

「ふむ……わかりました」姫川は、パソコンに何やらカタカタと打ち込むと、スカした表情でエンターキーを叩いた。

——次いで会議室に入ってきたのは、冬石唯だった。

愛とは対照的に、小柄で、ころころとした印象のある丸顔の唯は、愛嬌《あいきょう》のある笑顔を絶やさずに、姫川の質問に答えた。「十二時三十分は私、図書室にいましたよー」

「図書室で、何をしていたんですか？」

「もちろん、読書ですよ。まー半分くらいは寝てましたけど」姫川の問いに、唯はにこにこしながら続けた。「昼休みって意外と人がいなくて、静かなんです。てか、その日は私、授業をサボってずっと一人で図書室にいたんですけどねー」

人がいない、イコール、アリバイが証明できない、だ。

姫川は単刀直入に訊いた。「その時間、黒田先生が転落死したのは知っていますよね」

「あー、はい。でもそれ、同級生の女子の仕業なんですよね？」

「その女子とは、誰ですか」

「言っていいのかな？　えーと……夏本レナちゃんです。隣のクラスにいるギャルっぽい子なんですけど、知ってます？」

「いえ、知りません」

「そーなんですか？　この学校の有名人ですよ！」唯は、なぜか高揚《こうよう》したような口調で続ける。「それで、レナちゃんはクロセンのカノジョだったんですけど」

「クロセン？」

「あっ黒田先生のことです。クロセン、何も知らない女子からは人気があったんですよ。でもそのせいで、レナちゃんが嫉妬《しっと》して屋上から突き落としたって……皆、めっちゃウワサしてます」

「……なるほど？」姫川が、片方だけ目を細めた。

その証言をどう評価したらいいか迷っているようだ。おそらく自分と同じ印象を抱いているのだろうとアンナは感じた。レナが犯人らしいという噂について、唯の証言と、愛のそれとは一致している。だからと言って信憑性《しんぴょう》があるとは、必ずしも言えない。

「あ、もういいんですか？　何かあったらまた聞いてくださいねー」と、終始笑顔を絶やさなかった唯は、明るい足取りで会議室を出て行った。

少しの間を置いてから、姫川は、部屋の端に追いやられたままのアンナたちをちらりと見ると、ニヤリと口角を上げた。「どうやら、次の夏本レナさんの話がキーポイントになりそうですね」

　――やがて、少しの間を置いて、今度はレナが会議室に入ってきた。

　会議室にきたレナは、すでに状況を把握しているのか、不安そうな表情で部屋を見回した。姫川を見て、それから部屋の端にアンナがいることに気づくと、ハッとしたように目を見開いた。「アンナちゃん……？」

「どうぞ、そちらに掛けて」

「……はい」

　姫川の促《うなが》しに、レナが素直に従うと、聴き取りが始まった。

「夏本レナさんですね」姫川は、おそらくは意図的に、事務的な口調で切り出した。「あなたは一週間前の十二時三十分、どこにいましたか？」

「んー、別に……何もしてませんけど。空き教室にいただけです」

「一人でですか」

「はい。あたし、わちゃわちゃしたの嫌いなんで。基本、いつも一人です」

「なるほど」何やらパソコンにメモを打ち込みながら、姫川はなおも訊く。「あなたがどこにいたかを証明してくれる人はいますか？」

「あー……いませんねー」意味深な一秒を置いてから、レナは首を横に振った。「てか、私がどこにいたとか、いなかったとか、たぶん誰も証明はしてくれないと思います」

すでに疑われているのはわかっている、という口調だ。

だからだろうか、姫川はストレートに訊いた、「なるほど。でしたらお聞きしますが、君と黒田先生とは、どのような関係でしたか？」

「関係って、別に……ただの先生と生徒ですけど」

「では、黒田先生が誰かに恨まれていたというような話は聞いたことがありますか」

「それはよくあります」レナは、目線を逸《そ》らすと、「別に、興味ないですけど」

「わかりました。では最後の質問です」姫川は、キーボードを叩く手を不意にぴたりと止めると、「次の三人の中で、最も被害者の黒田先生を殺しそうな人は誰だと思いますか？秋沢愛さん、冬石唯さん、雪村陽子さん」

ピクリ、と肩を震わせると、レナは、少しトーンを落として言った。

「……三人とも殺したりなんかしないよ。するはずないじゃん」

「では、誰が犯人なのだと思いますか？」

「知らない。それを調べるのが、あんたたちの仕事じゃないの？」

ちらり、とアンナのほうも見ながら、レナは少し苛立《いらだ》ったような口調で返した。

＊

「どうやら三人とも、何か隠しごとがあるようですね」

レナが去った後、姫川はパソコンの画面をアンナたちに見せながら、「ご覧ください。AIもそう判断しています」

ディスプレイには三人の顔写真が並び、その上に三つ、巨大な『DOUBT!』の赤文字が、耳障《みみざわ》りなアラート音とともに明滅していた。うーん、実にベタな演出――。

「こうなってくると、雪村さんの聞き取りをAIがどう判断するのかが興味深いところです。……ところで雪村さんは、まだこないのですか」と、姫川が、高そうなブレゲの腕時計と会議室の入り口とを交互に見た。

「あー姫ちゃん……そのことなんだが」そんな姫川に、風真がためらいがちに切り出した。

「なんですか」

「雪村さんは、たぶん犯人じゃない、と思うよ」

「犯人じゃない？　なぜですか？」

「それはだなー……あー、そもそもネメシスに捜査依頼してきたのが彼女なんだ」

「えっ、彼女が依頼主？」姫川が初めて、驚いたような顔を見せた。

「ああ。犯人が自ら捜査を依頼するとは思えないだろ？」

「ちょっと待ってください、初耳ですよ」姫川は、不愉快そうに眉根を寄せると、「そういう大事な情報は、当初からインプットされるべきことです。なぜ早く言ってくれなかったんですか？　ＡＩの基本的な判断にも関わることなのに」

「……すまん」

「いずれにせよデータベースの再調整が必要ですね」恐縮する風真に、姫川は、ノートパソコンに向かうと、怒るのも無駄だと言いたげな呆れ顔で、「風真さんのせいで、また時間の無駄が発生しました。人為的ミスから発生する、許容されない無駄であり、無駄中の無駄です。まったく、これだから人間ってのはダメなんですよね」

「ほんと、すまん」静かに詰《なじ》られた風真は、申し訳なさそうな表情でもう一度謝った。

「あとは僕とＡＩがやっておきます。もうこれ以上邪魔はしないでください」

そう言うと姫川は、風真には視線もくれず、憮然《ぶぜん》としたまま作業に取り掛かった。

「………」

「まあ、少し外の空気でも吸って、頭を冷やそうや」どう答えたらいいかわからないのか、当惑したように立ち尽くす風真の肩をポンポンと叩きながら、栗田は言った。「そんなわけで、俺は風真と一緒にもう少し現場を調べてみるが……アンナ、お前はどうする？」

「私？　私は……」アンナは少し思案してから、「ちょっと行ってくる」

「どこ行くんだ？」

「ちゃんと話をしなきゃ」そう言うや、アンナは廊下を駆け出していた。

「ちょっ……くれぐれも危ないことはするなよ！」

「わかってる！　じゃっ！」栗田の忠告に、アンナは背中で答えた。

10

「あっ、レナっ！」

アンナがレナを発見したのは、校舎中を何十分も探し回った後のことだった。

しかし声を掛けられたレナは、アンナの姿を確認すると――。

ふいと顔を背けると、逃げるように駆け出した。

「ちょちょちょ待って！　待って待って！」アンナは、すぐさまレナを追い掛けた。

やがてレナは人のいない一室に逃げ込み、そこでようやくアンナに捕まった。

レナはアンナの顔を見るなり、険しい顔で睨むと、「やめてよ！　あたし何もしてないのに！」

「だったらなんで逃げるの⁉」

「いや、だって、あたしのこと捕まえようとしてるからでしょ！」レナは、金切り声で叫んだ。「あたしが犯人だから。アンナだってそう思ってるんでしょ⁉」

「違う違う、違うって！」

「違わない！　だってアンナ、そ、そっち側の子なんでしょ？　おかしいと思ったんだ、こんな変な時期に転校生なんて！」再び、ギッと鋭い視線でアンナを睨みつける。

「あー、まぁ確かにそうなんだけどさー」警戒するレナに、アンナは意図的に少し距離を置くと、「……とりあえず話させてよ。あ、逃げてもいいよ。私、またレナに追いつく自信あるから」

「…………」レナは、無言だ。

アンナは、手近な丸椅子に腰掛けると、「まず私のことを話すね。私、確かに探偵事務所の人間。だけどね、別にレナを捕まえようと思ってるわけじゃないんだ」

「…………」

「てか、そもそも私、レナを犯人だとは思ってないんだよね」

「……そうなの？」ようやく、レナは警戒を解くように、身体の力を抜いた。だが、すぐに言葉を継いだ。「でもなんで？　あたしさ、自分で言うのもなんだけどたぶん一番怪しい子だと思うんだ。ほら……誰もあたしのアリバイは示せないでしょ。あのアプリ、てかAIもそう考えたから、あたしを尋問に呼んだんだと思うし」

「まーそうだね」

「ほら、AIは人間を超えるっていうじゃん。そんなAIに疑われてるんじゃ、あたし……もうどうしようもないよ」

泣きそうな声のレナに、アンナはしばし間を置いてから、「……確かにAIはすごいよ。うん。想像以上。でもまだ百パー信用できるとまでは思ってない。少なくとも、私がAIを盲信したいとは思わないもん。それに……」

「……それに？」

「私は、レナの味方になりたい」アンナは、レナの目を見つめた。

「……味方？」

「うん」

「なんで？」

「なんで？　って、なんでだろ？　わかんないや」

「何それ」

「ね。でもなんつーのかな、私の中の私がそうしろって言ってるんだ」

「………」レナは二回、目をパチパチと瞬くと、プッと噴《ふ》き出《だ》した。「意味わかんない」

つられて笑ってしまうアンナに、レナはようやく安心したようにホッと溜息を吐くと、

「でも、とりあえずアンナがＡＩよりあたしを信用してくれているのはわかったよ」

そして、アンナの向かいの丸椅子に腰掛けると、「話せることは話すよ。話せないこともいっぱいあるけど」

「ありがと」とりあえず、誤解は解けた。

ほーっと息を吐きながらふと見ると、鏡張りのダンス室に、何人ものアンナとレナが腰掛けていた。

「あ、ここダンス室ね」察したレナが、説明した。「昔は社交ダンスの授業があったんだけど、今はカリキュラムが変わったから、ほとんど使ってないんだ」

「そーなんだ」社交ダンスを教育していたとは、名門女子校ならではというところか。

「でも残念だね。なくなっちゃったんだ。社交ダンスとかやってみたかったなー……」

そう言いつつ、何げなく部屋を見回す。黒いカーテンと、灰色の床。後は窓と入り口

と、壁一面の鏡があるだけだ。ふと窓の向こうに目をやると、黒田が転落した屋上が遠くに見える。そのまま視線を窓側の壁に移すと、文字盤に文字がなく、白い長針と短針が回るだけの、やけにスタイリッシュな時計が掛かっていた。

時刻は――午後三時三十分。

アンナはハッとした。やばい、私あんまり時間がないんだった！

「どうかした？」

「ううん、なんでも」ハッとしつつも、アンナは手短に訊いた。「聞いていい？　さっきの姫川博士の質問のことなんだけど」

「博士って、さっきの黒いタートルネックの人？」

「そうそう。あの人、三人の名前を出したでしょ。秋沢愛さん、冬石唯さんと、あとは雪村先生」

「あー、あれってアリバイがない人たちでしょ。あたしと同じ」

「ご明察」さすが、頭の回転が速い。ギャルっぽくしていても、名門女子高の生徒だけのことはある。アンナは感心しつつ、「……で、あのときレナはこの三人について『三人とも殺したりなんかしないよ』って断言してたよね。あれって何か理由があるの？」

「そりゃ、人を殺すなんてフツーしないっしょ。あたしも含めて」レナはからからと笑いながら言った。「雪村先生は本当にいい人だよ。愛と唯も……まあどっちもちょっと腹黒いけど、人殺しなんて絶対にしない。そんな度胸ないもん。まぁ向こうがあたしのことをどう思っているかは知らないけどね」

「彼女たちのこと、知ってるの？」

「うん。つーか、愛も唯もあたしも、雪村先生のカウンセリングを受けてたから」

「えっマジ？」その話は初耳だ。「ごめん、詳しく教えて？」

アンナが前のめりになって、レナに詰め寄ったとき――。

カラカラカラ、と不意にダンス室の引き戸が開く。

「……誰？」と、アンナは思わず身構える。

入ってきたのは――ネズミ色の作業服を着た、用務員だった。モップとバケツを手に、よぼよぼで少しコミカルな歩き方の、高齢の男だ。

「あっ、井山《いやま》さんじゃん。おっつー」レナが声を掛ける。

「レナ知ってるの？」

「うん。井山清十郎《せいじゅうろう》さん。スーパー用務員だよ」

「……スーパー？」

訝《いぶか》るアンナとレナの顔を、井山はしょぼしょぼとした目で交互に見ると、「そっちは、夏本レナくん。で、そっちは……えー、知らん顔じゃ。名前は？」

「あー、えーと、美神アンナっていいます」

「美神アンナくん。みかみ、あんな、みかみ、あんな……」何度もアンナの名前を復唱した後、ごくんと唾《つば》を飲み込み、「よっしゃ覚えた」

「井山さん、こうやっていつも一発で生徒の顔と名前を覚えるんだよ！」

マジヤバイっしょ！　と、楽しそうにレナが言った。

一方の井山は、相変わらずしょぼしょぼとした目のままで、「悪いがアタシゃ、とりあえずここを掃除したいんじゃが……」

「あっすみません」アンナは急いで席を立ち、丸椅子をレナと一緒に片付けた。

井山は、モップをザッパンザッパンと豪快にバケツの水につけると、床を拭《ふ》きながら、

「それにしても、ダンス室に人なんて、珍しいのー。この間も、秋沢愛くんと、冬石唯くんが話をしとったのを見たが、流行《はや》りなのかの」

「えっ⁉」あの二人が、ここにいた？

アンナは片付け途中の丸椅子を放り出すと、「井山さん、それっていつの話ですか」

「一週間前じゃ」

事件のあった日だ。ますます臭う。「何時ごろか覚えてますか」

「あー……」廊下の壁に、目を細めるような仕草をすると、井山は、「十一時三十分じゃ」

「一週間前の十一時三十分……」事件が起きる一時間前だ。

アンナはレナと顔を見合わせてから、「そのとき二人が何の話をしていたか、覚えてませんか」

「会話かの？　あーなんじゃったかのー……確か……何やらこそこそ話しとってのー……あーそうじゃ！　『殺す』とかなんとか言っておった！」

「殺す？」

「そうじゃそうじゃ。なんだか深刻そうじゃったのー。まぁ、それ以上はよう聞こえんかったんじゃがな。ホレ、アタシゃ耳がもう遠くなっちまってのー……それより、掃除を続けたいんじゃ。悪いが、早《はよ》う出ていってくれんか」

「あっごめんなさい」

井山に背中を押されるようにして、アンナとレナがダンス室を出ると、背後でピシャッと豪快に引き戸が閉められた。

「あはは、追い出されちゃったね」レナが笑った。

「そうだね」と、アンナも笑いながら相槌を打ちつつ、ふと、何かが引っ掛かった。

なんだろう、この違和感は。愛と唯が、事件の直前にこの部屋で『殺す』とか何とか言っていたこと――もちろんそうなのだが、それ以外にも、嚙み合っていないような気がする。

そう、誰かが何かを勘違いしているのだ。事件の根幹に関わる重要なことを――。

「……ん、どうかしたの？」

突然思案を始めたアンナを、不思議そうに覗き込むレナに、数秒を置いてからアンナは答えた。「レナ、私、なんかわかってきたかも！」

「へ？　何が？」

「ごめん、また後でね！」

「あっ、ちょ！」

ポカンと口を開けたままのレナを置いて、アンナはまた走り出した。

風真さんに伝えないと！　彼女にも話を聞いてみるべきだって――。

11

――だが、風真の姿がどこにも見当たらない。

どこ行っちゃったんだあの人。まあいいや、とりあえず私だけで話を聞いてみよう――

と、アンナは彼女がいるであろう場所に向かった。

「……あの子たちが犯人？　まさか！　それは絶対にあり得ません」

カウンセリングルームにいた雪村は、アンナの質問に即答した。

「愛さんも、唯さんも、レナさんも、ああいった性格ですから、確かに誤解を生むかもしれません。でも……絶対に人を殺すような子たちじゃありません」

「雪村さん、三人のことをよくご存じなんですね」

「はい。だって、あの子たちは皆、私のカウンセリングルームに通う子たちですから」雪村は、居住まいを正すと、神妙な顔つきで話を続けた。「このデカルト女学院には、多くの優秀な生徒たちが集まっています。どの子たちを見ても頭の回転が速いですし、賢く、また一芸に秀でています。もちろん、中にはちょっと個性的な子もいますが」

「あ、確かに」レナの極端なギャルメイクを思い出しながら、アンナはくすりと笑った。

「ただ、どんなに優秀でも、人間が集まって毎日のようにテストされれば、そこには必ず順位がつけられてしまいます。結果、『とても頭がいい子』が、この学校に入った途端に『落ちこぼれ』になってしまうことも多いんですよ」

「あー、点数って残酷ですからね」

「もちろん、点数がそのまま人間の価値を表すものじゃないことは確かです。むしろ、与えられた尺度に収まらない子のほうが大成することが、経験的にも知られています。でも、そのことを当の生徒たちはまだ認識できません。自分は能力がないんじゃないかと悩み、落ち込みますし、中には、そういうことに耐えられず、精神的に不安定な状態になってしまう子も、少なくないんです」

「だから、雪村さんのようなスクールカウンセラーが置かれている」

「ええ」雪村は、にこりと口角を上げた。「クラスで孤立してしまう子、悩んだ挙句に不登校になってしまう子、もう生きていけないと自暴自棄になってしまう子もいます。そういう子たちをサポートするのが、私の仕事なんです」

「なるほど。三人をカウンセラーとして支えてきたのも、雪村さんだったんですね」

「はい、少なくとも私は、そのつもりでいました」雪村は、真剣な表情で頷いた。「愛さんと唯さんは、二人とも自信を無くして、去年、不登校気味になった子たちです。それで、私のカウンセリングルームに通うようになりました。二人は似た境遇であることもあって、ここで仲良くなった後、気分転換に勧めたダンスを通じて、少しずつ元気を取り戻すことができたので、今では普通に学校生活を送れています。二人とも確かに心に弱いところはありますが、とても人殺しをするような発想をする子たちではありません」

ダンスも続けていますしね、と雪村は言った。

確かにアンナも、彼女たちは人殺しなどできるような人間ではないと、聴き取りのときに感じていた。だがそうだとすると、井山がダンス室で聞いたという彼女たちの「殺す」という言葉は、一体何を意味していたのだろう？

疑問を覚えつつも、アンナは問いを続ける。「それは、レナも同じですか？」

「ええ、もちろん。彼女は性格的に、どうしても周りから浮いてしまうところがありました。寂しがり屋なのに意地っ張りで、居場所を探しているのに、差し伸べられた手を自分から払ってしまうような子だったんです」

「なんか、わかる気がする」

「もちろん、根はいい子なんですよ。でも空回りして、本人も疲れてしまったようでした。それで私は、たまにはここにおいでって誘ったんです。そうしたら時々来るようになって」

それで愛や唯とも知り合った、というわけか。

「アンナさんはもうわかってると思いますけれど、彼女、本当にいい子ですよ。誤解されやすいのは事実です。でも犯罪を犯すような子じゃない。絶対に。それに……」

「……それに？」

一拍を置くと、雪村は辺りを窺ってから小声で言った。「実は……事件があった日の十二時三十分……私、渡り廊下から見たんですよ。黒田先生が転落したのとは別の棟で、廊下を歩いているレナさんを」

「え、マジですか⁉」

アンナは驚いた。それが本当だとすれば、レナにはれっきとしたアリバイがあることになる。レナは犯人とはなり得ない！　だが――。

アンナはすぐに気づき、訝った。

それはおかしい？　だってレナ自身は、さっきその時刻には一人で教室にいたと言っていたはずだ。どうして証言が矛盾しているのだろう？

「……あのー、雪村さん。失礼だとは思いますが」と、アンナが雪村にその真意を質《ただ》そうとしたそのとき。

「話はすべて聞かせてもらいました」背後から突然、ヌッと姫川が顔を出した。「人類は滅亡します」

「うわっ姫川さん！　何してるんですか⁉　てか何言ってるんですか⁉」

突然の登場に驚くアンナに、姫川はしれっとした口ぶりで、「風真さんは否定していましたが、ＡＩが分析したところ、それでも雪村さんは怪しいという示唆《しさ》がありましたので。そうしたら、ちょうどあなたがたがお話をしていたので、こっそりと物陰で話を聞かせてもらったというわけです。何か問題でも？」

「大ありですよ！　盗み聴きじゃないですかそれ」

「そうとも言いますね。失礼しました」と言いつつ、特に失礼などしていないという表情を浮かべながら、姫川は雪村に問うた。「しかし雪村さん、今のあなたの目撃証言、少々問題がありますよ。そのことを初めからＡＩに伝えていれば、あなたはともかく夏本レナさんが容疑者にされることはなかったはずなのですから。どうして黙っていたんですか？」

「そ、それは……」雪村が口ごもる。

やはり、何かを隠している。

アンナと同じ疑念を抱いているのだろう。姫川は、瞬きをしないまま十秒、雪村の挙動をじっと観察した後、落ち着いた口調で言った。

「雪村さん。あなたにはこれから、再度ＡＩの聴き取りを受けてもらいます。いいですね？」

是も非もなく、雪村は俯《うつむ》いたまま小さく頷いた。

12

午後五時。すでに多くの生徒たちが下校し、会議室もうっすらと闇《やみ》が覆《おお》い始めている。

ひととおりAIを介した聴き取りを受け終えた雪村が、一同の前で肩を落としていた。

おそらく、解決は近いと踏んでいたのだろう。会議室には、タカとユージ、そして姫川に加えて、学院の責任者である南禅寺教頭も同席していた。アンナも、風真と栗田とともに、会議室の端に控《ひか》えている。

ユージが、雪村に言った。「さて、正直に答えてくれ。あんたは事件が起こった十二時三十分、被害者である黒田さんが転落死したのとは別の棟の廊下を歩く夏本レナを、渡り廊下から目撃したと証言したそうだな。だが、それは本当か？」

「…………」雪村は、俯いたまま沈黙している。

ユージがちらりと、隣にいた姫川に視線を送る。姫川は、パソコンのディスプレイに視線を置いたまま、淡々と指摘した。「AIが収集した情報によれば、十二時三十分、渡り廊下は演劇部が練習のために占拠していて、あなたが立ち入る隙はなかったようです。そもそもあなたの目撃情報は、後になって突然言い出したものでもある。……こうした事実を踏まえ、ＡＩはこう分析しています」

くるりとノートパソコンをひっくり返すと、ディスプレイには大きく『LIE 100%』と示されていた。「……このことについて、詳しい説明をいただけますか？」

しかし、ぐっと顔を顰める雪村の口から、言葉は出てこない。

姫川は、肩を竦めた。「これであなたの証言が嘘であるということが明らかになりました。では次に、あなたが嘘を吐いた理由についてご説明いただけますか？」

「それは……」

「なあ、あんた本当は、大事なことを隠してるんだろ？」タカが横から、雪村をなだめすかすように言った。「黙ってても為になんねーぞ。吐いちまえよ。楽になるぞ？」

「………」タカの言葉に、雪村は何かを言い掛けるが、すぐに飲み込んでしまった。

やっぱり何かを隠している、そして、それを言い出せないでいるようだ――。

「少し、いいでしょうか」そのとき、立ち会っていた南禅寺教頭が、おもむろに口を開いた。「雪村先生……あなた、黒田さんと何か揉めたことがあったでしょう？」

「えっ……」ハッとしたように、雪村が顔を上げる。「なぜそれを？」

「やっぱりね……」南禅寺教頭は、深い溜息を吐きながら、「噂に聞いていたことは、本当だったんですね。あなたが密かに黒田さんとお付き合いしているという話……」

「「マジか⁉」」タカとユージが、感じた驚きをそのまま口に出す。

なるほど、だから黙っていたのか。アンナは唐突に教頭室の書を思い出す。

『自由　自立　自主　自制　ただし何人たりとも恋愛ご法度　即退学――南禅寺』

この学院では、何人も恋愛はアウト。何人もなのだから、生徒だけでなく職員同士も交際してはいけないのは当然のこと。だから雪村は、黒田との交際の事実を隠していたのだ。

それだけでなく、彼女が黒田と交際していたという事実は、そのままある論点へと直結する。殺害の動機である。

姫川もまた、そこを見逃すことはなく、すかさず雪村に尋《たず》ねた。「被害者である黒田さんは、他にも多くの女性、女子生徒と浮名を流す不埒《ふらち》な輩《やから》でした。もしあなたがそのことに嫉妬したとすれば、十分に殺害の理由となり得ると思いますが、いかがですか？」

「私、やっていません……」雪村が、か細い声で否定する。

「事実はＡＩが判定します」姫川は、澄ました顔でカタカタとキーボードを打つと、やがてターンとエンターキーを押下し、それから、ゆっくりとノートパソコンのディスプレイを全員に見せた。

画面全体に、でかでかと『60％』と表示された。

「ご覧のとおり、雪村さんが犯人である確率は六〇％となりました。これはまあまあの確率だと言えるでしょうね。ちなみに残りの四〇％のうち、秋沢愛さんと冬石唯さんが結託しての犯行である可能性が一五％、夏本レナさんの犯行である可能性が一五％と算定されています」

タカが頭の中で計算する。「残りの一〇％は？」

「被害者である黒田さんが自殺だったという可能性です」と、姫川は即答した。「屋上から突き落とされたところは誰も見てないので、ＡＩも、その可能性をまだ完全には捨てていないようですね」

「なるほど」ユージが呟いた。

しかし、そこに風真が口を挟んだ。

「なあ姫ちゃん、本当にそうか？」納得できない、とばかりに首を傾げると、風真は訝し気に言った。「本当に可能性って、それだけなのか？」

「それだけですが？」姫川は憮然として答える。「ＡＩの分析は完璧です。むしろ、なぜ風真さんが納得できないのかが納得できません。あえて否定すべき理由があるんですか？」

「理由か？　理由は……」風真は一瞬、ぐっと答えに閊えた。

そして、姫川から目線を外しながら、「なんとなく……雰囲気というか……直感というか……」

「直感？　苦《くる》し紛《まぎ》れですか？」姫川はフッと鼻でせせら笑うと、「そういう根拠のないものは時間の無駄ですから、今は脇に置いておきましょう」

「しかし……」

悔し気に顔を歪める風真を無視すると、姫川は一方的に続けた。「いずれにせよ、ＡＩの弾《はじ》き出《だ》した確率に基づけば、警察の皆さんがやるべきことは明白です。さあ、安心して雪村さんを逮捕してください」

「あー、まぁそういうことになるなぁ」と、タカとユージがゆるゆる立ち上がる。

姫川と二人の刑事に睨まれ、雪村が、怯えたように肩を竦めた。

しかし――。

「ちょっと待ってくださいよ」風真は素早く、タカとユージを遮った。

「なんだよ、邪魔するな」タカとユージが、風真を挟むようにしてねめつけた。「お前警察に逆《さか》らうってのか」

「警察の皆さん、落ち着いて」吼《ほ》えるタカを、今度は姫川が制した。「勇み足ですか。面白いですね。なぜそう思うんです？　また直感ですか？」

「ああ直感だよ。悪いか？」風真は、少し開き直ったように言った。「ていうか確率……そう確率だよ。まだ六〇％なんだろ？　断定するには程遠いと思わないか」

「断定できませんか？　すでに過半数を占めていますが」

「ダメだろ過半数ってだけじゃ。多数決じゃないんだから。裏を返せば、四〇％も不確定要素があるってことだろう」

「ふむ……それもそうですね」意外と素直に、姫川は風真の意見を受け入れる。

ここだ！　アンナは、間髪を入れず言葉を挟んだ。「ていうか、姫川さんは大事だと思いません？　直感」

「まったく思いませんが。どこが大事なんですか」

「いやほら、直感って、無意識下の思考に基づくものだって聞いたことありません？　あれ、当てずっぽうがたまたま当たったわけじゃなくて、無意識のうちに考えていたことが、直感という形で表面に出てきた結果だと思うんですよ」

「なるほど、直感にもきちんと根拠があると言いたいんですね」

「そのとおりです」アンナは、大きく首を縦に振った。「で、私、風真さんの直感は信じられると思っています。だって風真さん、名探偵なんですから」

「……なるほど？」姫川が、ニヤリと口の端を曲げた。「名探偵ですか。なるほど、それそのものも研究に値すると言えなくもないですね……」

「いい加減にしてください！」だが、ここで物言いがついた。甲高《かんだか》い金切り声。南禅寺教頭だった。彼女は眉尻を吊《つ》り上《あ》げると、「さっきから見ていれば、捜査はずっと堂々巡りじゃないですか！」

「まあまあ教頭センセ、落ち着いて……」と、タカがなだめる。

しかしその言葉が火に油を注いだのか、南禅寺教頭が激高した。「もう我慢なりません！　これ以上神聖な学び舎を汚すわけにはいきません。皆さん、出て行っていただけますか！」

「ちょ、それは困る！」と、ユージが慌てた。「も、もうすぐ結論は出ると思うから、せめてもう少しだけ待ってもらえませんかね」

「もう少しって、いつまでですか！　夜中までなんて、待っていられませんよ！」

「あー、そうだな……一時間。そう、一時間！」ユージが、人差し指を立てた。

「一時間ですか？」南禅寺教頭は、しばし訝し気に目を細めた後、眉根を揉みながら、忌々しげに応《こた》えた。「……わかりました。一時間だけ待ちます」

「ありゃーとやす！」

「ですが！　一時間経ったら皆さんには必ず退去していただきます。よろしいですね」

「は！　それはもちろん」ユージは、南禅寺に向かって敬礼をした後、すぐさま風真に向かって言った。「てなわけだから、頼んだ！」

「えっ俺たちが？」

「そーだよ。他に誰がいるんだ？　とにかくタイムリミットは一時間だ。頑張れ！」と、タカとユージは並んで風真たちに向かって拳《こぶし》を上げるジェスチャーを見せた。

「やれやれ、結局他力本願か……」アンナは肩を竦めた。

相変わらずこの二人は――と呆れるアンナの横で、ふと風真がぽつりと零《こぼ》すように言った。「一時間か……短いなぁ……」

「何弱気になってんすか」アンナは、風真の背中を左からバンと叩いた。「風真さん、ネメシスの名探偵でしょ？　ほら背筋シャンとして！」

「そうですよ。僕の期待を裏切るつもりですか？」姫川もまた、風真の背中を右からバンと叩いた。「今は時間を一秒たりとも無駄にはできないんです。僕も時間いっぱいまでAIにデータを吸わせておきますから、風真さんも、直感とやらを見せてくださいね？」

「……そうだな」二人の言葉に、風真が、口の端にホッとするような笑みを作った。

そんな風真の袖口《そでぐち》を、アンナはいきなり、ぎゅっと摑んだ。

「あ、ちょっ⁉」

何するんだと言いたげな風真に、アンナは言った。「風真さん、栗田さん、一緒に来て」

「どこ行くんだ?」

「いいから!」アンナはそう言うや、二人を引っ張るようにして、会議室を飛び出した。

——アンナが向かったのは、屋上だった。

まさに、黒田が手すりを乗り越えて転落したとされる、あの場所だ。

「お前、突然どうしたんだよ」

未《いま》だ驚いた表情の風真に、アンナは、「いいからいいから。一時間ってタイムリミットを切られちゃったんだし……それに、今は気づきが要るの」

「気づき?」

「うん。たぶん私、まだ何かを見つけられてない。それがわかればきっと……」

「謎が解けるんだな?」風真は横にいる栗田と視線をあわせると、力強く言った。「気づいたことは何でも言ってやる」

「ありがと! で……ここなんだけど」と、アンナは薄暗い屋上に立つ。

黒田が転落した現場。今は日が落ちた後の灰色の空間があるだけで、なんだか不気味だ。不意に強い風が吹き、アンナの髪をパタパタとはためかせた。

「ここから、黒田は落ちた……」呟きながら、辺りを見回す。

争った形跡はどこにもなかった。コンクリートの床も手すりも傷はない。風真が言っていたとおりだ。うーん、ここにはやっぱりもう手掛かりはないのか——。

「ん？　あれは何だ？」だが、ふと風真が目を細めた。

その視線の先、手すりの向こう側。屋上の端に、何かが見えた。

近づいた風真が言った。「ありゃ、タイルの破片だ」

「取れそうか？」

「いや、ダメですね」栗田の言葉に、風真は首を横に振った。

タイルの破片。なんでまたそんなものが、手すりの向こうに？

「おそらく、光の方向が原因だな」栗田が冷静に言った。「今はグラウンドの照明が横から差している。影ができて、見えやすくなったんだ」

「あー……」風真が、大きく頷いた。

「でも、工事現場にあるはずのタイルの破片が、なぜここに？」

そう、下にあるはずのものが、なぜここにあるのか。

風真たちの会話を聞きながら、不意にアンナは目を瞑ると、両手のひらを合わせた。

大きく、深呼吸。そして——。

「アンナ、入ります！」ヨガのポーズとともに、空間没入を試みる。

空間没入——。

それは、これまでの事件解決でも生かされた、アンナが持つ特技だ。

すなわち、体験してきたことを脳内のヴァーチャル空間に再現し、起こり得ることを虱潰《しらみつぶ》しに探査、結果として、唯一の「真実」を導き出すことである。数学的には、経験に基づく実現可能性の数え上げと言えるかもしれない。

もっとも、空間没入はすぐに行えるものではない。インド的な手法《あれやこれや》を用いて集中し、言葉どおり内面へと没入する必要がある。

かくして、意識が沈んだその先に生まれた内的空間で、アンナは時間と空間を超越しながら、論理を詰めていく。

まずアンナが入り込んだのは——まさしくこの場所。屋上だ。

内的空間における屋上は、昼も夜もなく、ただそこにあるグレーの空間だ。

アンナはその場所で、あらゆる可能性を組み合わせる。風真が気づいた、あのタイルの破片を起点にして——。

——やがて、ひとつの結論を得たアンナは、次の場所へと飛んでいく。

実験準備室だ。

幽霊が出ると評判の、あの薄気味悪い部屋。しかしキーポイントになるのもこの部屋だった。なぜなら実験準備室は、屋上と転落現場との間にある。その前提で、転落現場を見下ろせるからだ。

この部屋で行われる可能性があることとは、何か？　いや——屋上や実験準備室だけではなく、工事現場、ダンス室、そして、この学園のすべてにおいて起こる可能性があることとは一体、何か？

物体が物理的に取り得るすべてのこと。人間が心理的に考え得るすべてのこと。アンナは、ここにきてから今に至るまでのすべての記憶を辿《たど》り、検証し、それらをこれまでに得た手掛かりと結合し、ひとつの結論へと撚《よ》り上げていく。

言うまでもなく、その原動力となるのは、空間没入というアンナが持つ特殊能力——すなわち人間の力だ。ＡＩに決して劣《おと》ることはなく、むしろＡＩが決して持ち得ることのないこの力を自在に操りながら、アンナはたっぷり十分、思考世界を泳ぎ回った。

そして——。

アンナは、そっと目を開くと、呟くように言った。

「……演算終了」

「わかったのか⁉」

「うん、カンペキ」

今や、すべては解明された。アンナはニッと口の端を上げて言った。

「風真さん。みんなを集めてください。解決編です」

13

「……なんでこんな部屋に集めるんだよ」タカが、鏡張りの部屋を見回しながら、ぶりぶりと文句を言った。「ていうかここ、何の部屋だよ」

「ダンス室です」風真が、一同に背を向けながら、後ろ手に言った。「かつてこのデカルト女学院では、社交ダンスが教えられていたそうですよ」

ダンス室には、今や関係者がすべて集められていた。

依頼者である雪村と、学校関係者である南禅寺教頭と教師である平、容疑者であり学園に残されていたレナ、愛、唯、そして用務員の井山。刑事であるタカとユージと、ＡＩ博士の姫川も同席している。

一同の前に、風真が立っていた。もちろん、ネメシスの「名探偵」として。

一方のアンナは、目立たないようダンス室の端で、小さなマイクをそっと歯に仕込む。

アンナが囁く声を、風真の耳に仕込まれた、小さなイヤホンへと伝えるために。

時計を見る。ちょうど午後六時、長針と短針が「気をつけ」をして立っている。

風真には、アンナの考えのあらかたは伝えている。栗田も、調べ物を終えている。推理を披露するならば今だ。アンナは、仕込みマイクに向かって囁く。「風真さん、振り向いたらこう言って。『このダンス室が、真相をお話しするのにぴったりの部屋だと思い、皆さんに来ていただきました』」

風真は振り向くと、コホンと咳払い。そして――。

「この世に晴れない霧がないように、解けない謎もいつかは解ける。解いてみせましょうこの謎を！　……さあ真相解明の時間です」といつもの長々とした台詞《せりふ》を述べた後で、ようやく、「というわけで、このダンス室が、真相をお話しするのにぴったりの部屋だと思い、皆さんに来ていただきました」

マイクの調子はよさそうだ。前口上は余計だけど――アンナは苦笑しながらも、再び風真へと指示を送る。

風真は、耳のイヤホンをそっと整え直すと、「早速ですが、皆さんもすでにご存じのとおり、一週間前の十二時三十分に、黒田秀臣さんが、ここからも見えるあの屋上から転死しました。その真相をお話しする前に、ひとつ確かめておきたいことがあります。……秋沢愛さん、そして冬石唯さん」

「……はい」

ぴくりと肩を震わせながら答える二人に、風真は質問を投げる。

「お二人はあの日、何をしていたのでしたっけ?」

「それは……」愛は一瞬、唯を見ると、「授業に出て、あとはずっと一人でした。事件のときはトイレに」

唯もまた、「私も、ずっと図書室にいましたけど……」

「つまり、二人ともずーっと一人だった。それは間違いない」

「はい」

「なるほど?」風真は頷くと、一同に向かって、「だとすると少しおかしいことがあります。実は同日、このダンス室でお二人が話をしているのを見たという証言があるのです。……そうですね、井山さん」

「………」井山は、返事をせずぼーっと立っている。

「……井山さん?」

「はっ⁉ 聞こえとる、聞こえとるよ」井山は目をしょぼしょぼとさせたまま、「前も話したが、そこの秋沢愛くんと冬石唯くんが、ここで話しとった。十一時三十分ごろじゃったかの－」

愛と唯が、ハッとしたように顔を見合わせた。

「そうだったんですか？」と、姫川が驚いたようにノートパソコンで調べ始めた。「待ってください井山さん、あなたはそのことをアプリに伝えていないですね？」

「あぷり？　なんじゃそりゃ」

「いや、スマートフォンにインストールしたでしょう？　昼過ぎに」

「いんすとおる？　あー、あれですかな」井山は首を何度も頷いた。「らくらくほんのことはようわからんので、その辺におる生徒に代わりにやってもらいましたわ」

「じゃあ、実行は？」

「実行？　ああ、もちろん！」井山はガハハハと豪快に笑うと、「ようわからんので、全部『はい』とだけ答えましたがのう！」

「そんなテキトーな……」唖然《あぜん》とした表情の姫川は、やがて悔しげに呟いた。「誤算でした。まさかきちんとスマホを使えない昭和人がいたとは……」

「と、とりあえず話を戻しましょう」風真は全員の視線を再び自分に戻して仕切りなおすと、「井山さんの証言によれば、お二人はずっと一人というわけではなかった。これはどういうことですか？」

「あー、それは……」愛が口ごもる。

しかし唯は、ポンと手を叩くと、「あっ、思い出しました。私たち、ここでダンスの練習してたんですよ。ほら私たち、ダンスが趣味なんで。そうだよね、愛」

「そ……そうです」

「なるほど。ダンスの練習をしていたと。井山さん、それは正しいですか？」

「それは違うのー」風真の促しに、井山は首を横に大きく振ると、「この子たちは何やら『殺す』だのなんだの話しとったぞ。アタシゃなんじゃ物騒《ぶっそう》なことをと思うたわ」

「ダンスは？」

「しとらんしとらん。ずっと神妙な顔で座っとって、アタシの顔見たら出てってしもた」

「………」愛と唯は、再び口を閉ざす。

風真は、ややあってから、「……だそうです。では改めて、お二人に質問です。どうして嘘を吐いたのですか？　そして、このダンス室で話していたこととは、何ですか？」

「………」愛が、苦しそうな顔で俯く。

唯は、そんな愛を庇《かば》うように言った。「探偵さん、私たちのことを疑っているんですか」

「ええ、もちろん」風真は、口角を上げると、「疑っています。あなたたちと雪村先生を」

「!!」

愛と唯は、ハッとしたようにお互いに目を見あわせた。

そのまましばし黙り込んでいた愛と唯は、しかし――ややあってから何かを決意するような視線を交わし、観念したように溜息を吐いた。そして――。

「私が、言うね」遂《つい》に、愛が言った。「実は、私たちが黒田先生を殺したんです」

「「マジか！」」タカとユージが身構え、身を乗り出す。

まあまあ、とその二人を制止すると、風真は優しい声色で訊いた。「詳しく、話してもらってもいいかな」

「はい」こくりと頷くと、愛は言った。「私たち、実は……黒田先生に交際を迫られていたんです」

「な、なんですって……？」と、南禅寺教頭が片眉を上げる。

「私も唯も、何度も黒田先生に『一回だけ付き合え』って言われてて。でも、当然その気はなかったですし、そもそも校則で禁止されていることですから、その都度断っていたんです」

「でもクロセン、結構しつこくて」唯が続けて言った。「しまいには、『君たちは授業も欠席気味だろう？　このままじゃ単位は上げられないなぁ』って、言い始めたんです」

「つまり、ゆすってきた」

「はい」風真の言葉に、愛は素直にこくんと頷いた。「進級するためには、黒田先生と付き合わなきゃいけません。でも、それは絶対に嫌だった。だったらもう『殺す』しかないかなって思って……それで、黒田先生を殺す計画を立てたんです」

——計画は、こうだった。

愛が黒田を屋上に呼び出す。付き合ってもいいと答えて、黒田が有頂天になったところで、隠れていた唯が黒田を不意打ち。二人で黒田を手すりの向こうに突き飛ばす——。

「あ、あなたたち……本当なの……？」計画の全貌《ぜんぼう》を聞いた雪村が、掠《かす》れた声で言った。

「本当に、すみませんでした」愛と唯は同時に顔を伏せた。

驚くべき、二人の独白。しかし風真は、じっと二人を無言で見つめている——。

「なるほど、そういうことですか。やっと釈然としました」一方の姫川は、愛と唯の話に、大きく納得したように首を縦に振った。「結局のところ、一五％の確率が当たっていた。やはりAIは核心を突いていたというわけですね。もっとも、最大予測である六〇％が的中しなかったのは心から残念です。嘘が影響したのかもしれませんが、もっとAIの調整が必要なようです」

しばし呆然《ぼうぜん》と話を聞いていたユージも、姫川の言葉に、ハッと我に返った。「タカ、確保。二人を確保だ！」

「そそそうだ、逮捕！」戸惑いながらも、タカが愛と唯に詰め寄っていった。

かくして事件は解決――。

――では、もちろんない。

風真は、意味ありげな表情、かつ意味ありげな所作で、足元に置いておいたペットボトルから水を一口飲むと、芝居がかった口調で言った。「今の証言、嘘ですね」

全員が、ピタリと動きを止めた。

風真は――イヤホンを介したアンナの囁きを聞きながら――言った。

「秋沢さん。冬石さん。君たちは嘘を吐いていますね？　気持ちはよくわかります。しかしそれでは事件は解決しない。どうか本当のことを話してはもらえませんか」

「嘘なんか吐いていません！　私たちは本当に……」

「君たちの言いたいことは、痛いほどわかる。うん、よくわかるよ」今にも泣きそうな愛を、風真はじっと見つめながら続けた。「しかし、残念なことに、肝心の状況証拠が君たちの証言を支持していないんだ。そう……君たちの証言がもし本当のことならば、君たちは抵抗する黒田先生を無理やり転落死させたということになる。二人がかり、しかも不意を打ってやったこととはいえ、相手は大の男。屋上には多少なりとも争いの痕跡《こんせき》が残ってしかるべきでしょう。にもかかわらず、屋上には一切、その形跡がない。……そうですね？　ユージさん」

「まあ、そうだな」ユージが言った。「だからこそ俺たちは自殺説に傾いていたわけだ。だが……だったら真相は何なんだ？　それがわからなきゃ、やっぱり俺らはこの二人を確保しなきゃならんぞ」

「まあまあ、話は最後まで聞いて」コホンと咳払いをすると、風真は続ける。「秋沢さんと冬石さんは、学校生活に思い悩み、不登校気味でした。そんな彼女たちが前向きになれるように力を尽くしたのが、カウンセラーの雪村先生です。彼女の努力で、二人は打ち解け、心を開き、仲良くなり、そして前向きに学校生活を送れるようになった。ダンスという共通の趣味を勧めたのも雪村先生です」

タカが言う。「なんつーか、恩人みたいなもんか？」

「そう、まさしく恩人です！」風真は、大きく首を縦に振った。「二人にとって雪村先生は恩がある人だった。だからこそ二人で示し合わせて、雪村先生を庇い、その罪を被ろうとしたのです。……そうですね？　秋沢さん、冬石さん」

「…………」

愛と唯は、何も言わずに風真から目線を外した。

「ちょい待ち！　え、えーと」タカが、酷く戸惑いながら、「庇って、罪を被ったってことは……つまり雪村が？　どゆこと？」

「やっぱり雪村が犯人……なのか？」ユージも、動揺を隠せず、おろおろした。

「申し訳ないのですが、意味不明です」姫川も割って入り、異議を呈《てい》する。「犯人が雪村さんだということについては異論ありません。元々それがＡＩの六〇％の結論ですしね。しかし……秋沢さんと冬石さんの二人が罪を被ろうとした行為が理解できません。これからがある若者が人生を捨てるような、そんなバカなことするでしょうか？　まるで理屈に合わない」

そして姫川は、ノートパソコンを開くと、「ほら見てください。ＡＩの分析でも、二人が罪を被ろうとする可能性は限りなく低いと出て……」

「姫川君」風真が、語り掛けるように言った。「いい加減にしろ。君は、あまりにも人間を見くびりすぎだ」

あくまでも静かな声色――しかしその重さに、場がしんと静まり返る。

アンナは驚いた。これは、私の指示にはない。衝動的に風真が発した言葉だ。

風真はまさしく、自分の言葉で姫川に抗議した。「ＡＩＡＩってなぁ、ＡＩが何でもできると思ったら大間違いだぞ？　そもそも人間には良心ってものがあるんだ。どうしてそれを信じてやれないんだ」

「………」風真の言葉に、姫川はしばし言葉を失った。

しかし姫川は、すぐにいつもの冷静さを取り戻すと、「いや、僕が言っているのは、そこに証拠はあるのかということです。今わかっていることは、たったひとつ。秋沢さんと冬石さんには、事件が起こった十二時三十分のアリバイがないという事実だけ。それだけの事実でどうして、二人が雪村さんを庇っているとまで言えるのでしょう?」

「あー、それはだな……」直前の勢いはどこへやら、詰め寄られた風真は、途端に動揺を見せる。「……えーと、そのー……ああっ!」

あまつさえ、床に置いていたペットボトルを蹴《け》り倒してしまった。

「す、すみません」

「はいはいアタシの出番! アタシの出番!」井山がすぐさま、俊敏な動作でこぼれた水をモップで拭き始める。

ちょうどいい、渡りに船だ。アンナは風真に指示を出す。

それを聞いた風真は、コホンと小さく咳をすると、「えー、ちょうどいいタイミングでした。すみませんが井山さん。今、何時ですか?」

「時間?」手を止めると、井山は廊下側の壁を見上げ、「五時四十五分ですのう」

しかし風真は、「違いますよ」とペットボトルを拾い上げながら、「今は六時十五分です」

そう言うと、井山が見たのと反対側の壁を見上げた。

窓側の壁、その目立たない位置に、時計が飾られていた。

どういうことだ？　と戸惑う一同に、風真は説明した。「ご覧ください。この時計の文字盤には、文字が書かれていません。したがって、廊下側の鏡に映る鏡像も、時計として見ることができます。そして、今の井山さんの所作でおわかりのとおり、井山さんはいつもこの部屋では、その鏡に映ったほうの時計を見て、時刻を確認していたのです」

「はいはい今気づきましたよ」井山は目をしょぼしょぼさせつつ、何度も大きく首を縦に振った。「アタシゃ、先日も間違えてたのかもしれんですな」

風真は続ける。「となると、一週間前に井山さんがここで二人を見た十一時三十分という時刻にも、修正が必要です。つまり……」

ユージがぽんと手を打った。「鏡に映せば十二時三十分。まさしく事件のあった時刻か」

「そう。その時刻にここにいたということは？」

「秋沢と冬石にアリバイが成立する！」

「いかにも」

風真はしたり顔で頷くと、そのまま愛と唯に向き直った。「君たちはあのとき、ここでダンスの練習をしていて、黒田先生の転落死を目撃した。そのとき君たちは、咄嗟にこれを雪村先生がやったと思い込んでしまった。なぜなら君たちは、黒田先生と雪村先生が交際していたことを知っていたからです。黒田先生は自殺するような人じゃない、だとしたら誰かに殺されたのだろう、殺したのはきっと……そんな風に考えたんじゃないでしょうか。そしてすぐ、ここで話し合ったのです。『殺す』理由がある雪村先生を、どうにかして庇えないかと」

「ははぁ、井山さんが『殺す』って聞いていたのは、その部分か」と、ユージが納得する。

「その上で、雪村先生が犯人とならないよう、まずほかの人……例えば、夏本さんが犯人だと証言しよう、もしものときには雪村先生を庇って自分たちがやったと言おう。そう示し合わせたのです。どうでしょう、違いますか？」

「…………」愛と唯は、しばらくお互いの顔を不安そうに見つめあった。

だがやがて、観念したように身体を寄せあうと、二人同時にこくりと頷いた。

「探偵さんのおっしゃるとおりです」

愛と唯自身が、雪村を庇っていたことを認めた――これこそが、何よりの証拠だ。

風真が、ちらりと姫川を見た。

「ぐっ……」風真の視線を受け、姫川は苦渋の表情を見せる。しかしすぐ、なおも自信がありそうな態度で続けた。「なるほど、この二人が雪村さんを庇ったのは事実だったようですね。しかし、だとすればなおのこと、犯人は雪村さんで確定です。結論として、ＡＩが示した確率六〇％は正しかったということになるでしょう」

「果たしてそうでしょうか？」

風真は、悠然と首を横に振った。「雪村先生は確かに怪しい人物です。黒田先生と交際しており、アリバイもない。しかも十二時三十分に夏本さんを見たと嘘まで吐いていた。……しかし、それだけで雪村先生が犯人だとはならないんです。そう……例えばこうだとしたらどうでしょう？　雪村先生もまた、夏本レナさんを庇おうとしているのだとしたら？」

「……夏本を庇うだって？」

タカが戸惑いつつ、当のレナを見た。「って、つまりどういうことだってばよ⁉」

レナが、怯えたようにびくりと肩を震わせた。

「……雪村先生、教えてください」風真は、レナと雪村、二人のことを交互に見ながら続けた。「あなたは十二時三十分、本当は何を見たんですか？」

「…………」

「どうか話してください。あなたの沈黙が、真実を隠してしまう前に」

風真の言葉に、しばし口を真一文字に結び黙り込んでいた雪村だったが、やがて「うん」と頷くと、レナを見た。「……ごめんね、二人とも」

「いいよ先生。彼も覚悟してるから」レナが、淡い笑みとともに、誰かのことを見た。

「ありがとう」それだけを言うと、雪村は遂に真実を打ち明けた。「皆さん、嘘を吐いて本当にすみませんでした。実は私、あのとき校舎裏にいたんです。そして、見てしまったんです。レナさんと平先生がデートしているのを」

「ななな、何だってーっ⁉」全員の視線が、レナと平に注がれる。「まさか平先生が、夏本さんと⁉」

どこからどう見ても冴えないだけの中年男性教師、平天彦。

全員の注目を集めた平は、最初こそおろおろとしていたが、じっと見つめるレナの真剣な表情に気が付くと、居住まいを正し、「……はい」と神妙に頷いた。

「今、雪村先生の言ったことは事実です」

「と、いうことは？」

「十二時三十分、僕と夏本さんは校舎裏にいました」

「二人で、何をしていたのですか？」

「会っていたのです。というか……逢引《あいび》きです」

おおっ、というどよめきが起きる。しかし平は、気後れすることなく続けた。

「この学校では『何人たりとも恋愛ご法度』です。僕とレナの関係は秘密にすべきものであり、だからこっそりと会っていたのです。それを雪村先生に見られていたのは、本当に迂闊《うかつ》でしたが……しかし！」一瞬項垂《うなだ》れるも、平はすぐ顔を上げた。「すべてがオープンになった今、そのお陰で僕は、彼女との関係を堂々と言うことができます。そして、アリバイを示すこともできる。そう……レナは犯人などでは決してない！　なぜなら、僕と一緒にいたからだ！」

疎《まば》らな髪を掻き上げながら、平はそう断言し、ビシッとポーズを決めた。

くたびれた中年男。格好よくもなければ、そもそも柄《がら》でもない仕草――しかし、そんな平をじっと見つめていたレナは、両手を組むと、うっとりしながら言った。

「シブイ……」

「マ、マジなのか？」タカが困惑したように呟く。「しかし、こんなことあるのか？　てかこれ、もしかして枯れ専ってやつ？」

雪村は、俯きながら言った。「私、レナちゃんから相談されていたんです。『この関係がバレたら、私も平先生も学校を去らなきゃいけない。どうしたらいいんだろう？』って。だから言えなかった……」

「いいんだよ先生、わかってるって！」レナが、平の腕に自分の腕を回しながら言った。

「てか、あたしのことを思ってくれて、本当にありがとう」

「レナちゃん……」涙声の雪村は、それきり、その場で顔を伏せた。

しばし、ダンス室を沈黙が支配する。誰もが、何かを述べるのを憚《はばか》るように。

──しかし。

「……んで？」タカが、焦《じ》れたように沈黙を破った。「だからつまり事件はどうなるんだってばよ⁉」

「どうなるもなにも、ご覧のとおりですよ」風真は言った。「秋沢さんと冬石さんにはアリバイが成立。雪村先生と夏本さんにも、平先生を介してのアリバイが成立。以上です」

「容疑者不在？　ってことは……やっぱ自殺なのか？」

「なんだよ、結局最初の結論でよかったんじゃねーか」警察大正義じゃん！　と、ユージが呆れたように天を仰いだ。

だが、風真は──。

「本当にそうでしょうか？」と、人差し指を立ててチッチッと左右に振ると、「思い出してください。容疑者四人にアリバイが成立した一方、逆にこれでアリバイがなくなった人がいるじゃないですか。ほら……平先生は当初、誰と一緒にいたと言ってましたかね？」

「……！」ハッと、皆が息を飲む。

それから一同は、ゆっくりと彼女の顔を見た――南禅寺光江教頭の顔を。

14

南禅寺教頭の強張《こわば》った頬を見ながら、風真は言った。

「南禅寺先生は当初、黒田さんが転落死した十二時三十分に平先生と会議をしていたと言っていた。しかし実際には、平さんはその時刻、夏本さんと一緒にいた。……平さん、事実関係について説明をお願いします」

「南禅寺先生に、レナくんとの関係を種に脅され、虚偽の証言をしろと言われていたんです」嘘を吐く必要がなくなった平はすぐ、釈明した。「逆らえなかった僕がバカでした。本当に……捜査を混乱させて、申し訳ありませんでした」

「ということだそうです。この点いかがですか、南禅寺先生？」

「そうですね。確かに、私にはアリバイがありません。嘘も吐きました」南禅寺教頭は、いつもの毅然《きぜん》とした顔つきで、キッと風真を睨むと、「だから私が犯人だなんて、あまりにも乱暴ではありませんか？　さっきあなたも言ってましたよね？　『相手は大の男。屋上には多少なりとも争いの痕跡が残ってしかるべき』と。私にだって、その理屈は当てはまります。痕跡なしに黒田さんを屋上から突き落とすことはできません」

それから、南禅寺教頭は全員に向き直り、「平先生に嘘の証言をお願いしたのも、今、この学院を預かる私が、容疑者として巻き込まれるわけにはいかなかったからです。申し訳ないとは思っていますが、ただそれだけのことなんです」

「うーん……」ユージが、困惑したように言った。「もう何がなんだかわかんねーよ。やっぱり自殺なんじゃねーか？」

「ち、違います！」風真は慌てて手で大きなバツを作った。「これはれっきとした殺人です！　もうちょっとの辛抱ですから頑張って！　それに実のところ、皆さんは、今、大きな勘違いをしているんです」

「勘違い？」

「そうです」訝し気な一同に、風真はにやりと口角を上げると、「転落したのは工事現場で、タイルが散乱していました。それを見て僕たちは、黒田先生がそこに落下し、その衝撃で地面のタイルが散乱したと当然に考えました。でも、これって真実でしょうか？」

「意味わかんねー。真実じゃないってのか？」

「そのとおり！」ユージの言葉に、風真は大袈裟に首を縦に振った。「これは真実じゃない。真実はこれとはまったく異なっていたんです。というか、完全に『逆』だった」

「逆？　どういうことですか」

身を乗り出して訝る姫川に、風真は言った。「君の言葉だよ。覚えてるだろ？　『人間にＡＩが近づくのではなく、ＡＩを人間が追いかけなければならない』」

「ああ、確かにそう言いました。でも……それが何だと？」

「どっちが止まってて、どっちが動いてるかってことさ。つまり、こう考えることはできないか？　……黒田先生が地面に落ちたんじゃなくて、地面が黒田先生に落ちたと」

「地面が、黒田さんに？　……まさか！」姫川が、ポンと手を打った。「タイルですか」

「ご明察。さすが姫川大先生」風真は再び、一同のほうを向くと、「事件があったとき、地面にあったものは、敷きかけのタイルです。つまりですね、黒田先生が敷きかけのタイルに落ちたんじゃなく、下にいた黒田先生に、上からタイルの塊を落っことしたんです」

　そう、黒田は地面に転落して死んだのではない。

　タイルが黒田の頭上に落ちてきて、その衝撃で黒田は死んだのだ。

　啞然とする一同に、風真は説明を続ける。「事件現場は、地面が剝き出しになっていて、タイルも散乱していました。この状況は、タイルの上に人が落下するのではなく、タイルが上から落下することによっても作ることは可能です」

「で、タイルを上から落とすだけなら、別に屋上に痕跡は残らないってわけか」ユージは、呟くように言った。「だが待てよ、屋上の手すりには黒田の指紋が残っていたぞ。あれは何なんだ？」

「事件とは別の日に付けられたものですね。理由は後で述べますが、黒田さんはおそらく、屋上によく行っていたはずです」

「そ、そうなのか？」

首を傾げたユージに被せるように、タカも問う。「じゃあ目撃者の証言は？　皆『人が落ちてきた』って言ってるだろ。タイルを人間に見間違えるか？」

「その指摘、ごもっとも」風真はもっともらしく何度も頷くと、「ただタイルが落ちてきただけなら、当然でてくる疑問です。しかし、ここには実は、人間の曖昧《あいまい》さを利用した犯人のトリックがあったのです。そう……」

風真は、わざとらしく長い溜めを挟むと、満を持したように言った。「このタイル、実は、ボンドを使って等身大の人型に組み上げられていたのです」

――そう、タイルは、ボンドを使って等身大の人型に組み上げられていたのだ。

教頭室にあったあのボンドを使って――と、アンナは心の中で呟いた。

「……は？」一方、ユージは何度も目を瞬きながら、「タイルが人の形をしてた……って、つまり人型のタイルを、人間に見間違えたってことか」

「そのとおり」風真は頷いた。「目撃者は皆、人の形をしたタイルのことを、黒田さんだと錯覚した。ただそれだけのことだったんですよ」

「まさか。そんなことが……」

半信半疑のユージに、風真は続けた。「人の形をしたタイルは高い位置から、勢いよく落下しています。それこそ、遠目に視界の片隅に映っているだけでは、人間と誤認されてもおかしくないでしょ？」

「いや確かに、そうかもしれんが……」

「理屈はわかりましたが、少々強引では？」すぐさま、姫川が異議を唱える。「いかに人の形をしていたからといって、そう易々《やすやす》と人間そのものと見間違えるとは思えませんが」

「それがね、見間違えるんだよ！」風真もまた、即答した。「というか、ほかでもない姫ちゃん自身だって、さっき人体模型と俺を一瞬見間違えたくらいだろ？」

「む。確かに」

「動かない物体ですら見間違えるんだ。人間の知覚なんて、そのくらい曖昧なものさ。ましてや高速落下する物体を、間違いなく黒田先生だと認識できるものだろうか？　いやできない！　反語！　……というわけで」

コホン、と仕切り直しの咳払いをすると、風真は言った。「姫川博士。どうやら全員の証言を再度吟味する必要がありそうですね。例えば、はっきりと『あれは黒田先生だった』と述べた証言はありますか？　実際には『何かが落ちるのを見た』や『黒田先生が倒れていた』、あるいは『後で転落現場を見て初めて黒田先生が落ちたのだとわかった』とか『黒田先生が落ちたと聞いた』といったものではなかったですか？」

すぐノートパソコンを開いて確認した姫川は、ややあってから、神妙な顔つきで言った。「……おっしゃるとおりでしたね」

「よろしい」満足げに首を縦に振ると、風真はなおも続ける。「いくつものタイルを組み上げた人型は、かなりの重量を持ちます。人間の上に落とせば、簡単に壊れるでしょう。そして工事現場は、中庭より一段低く、しかも植え込みが遮る形になっています。中庭にはたくさん人がいても、その場所に誰かがいるとは考えない。……かくして、黒田先生の頭の上にタイルが落ちたという事実は、中庭にいる人々にとって、黒田先生が屋上から落ちたという誤解となった、というわけです」

「なるほどなぁ」ユージは、深く納得しながらも、「しかし、てことはだぞ？　南禅寺教頭は十二時三十分に屋上に行き、人型のタイルを持ち上げ、手すりを越えて下に投げ落としたことになるが……そんなこと、できるのか？　タイルは重いだろ。それに、白昼堂々屋上でそんなことをしていたら、それこそ誰かの目に留まりそうなものだが」

「その指摘もごもっとも。だからこそ南禅寺先生は、ある部屋を利用することにしたんですよ。現場の上、屋上の真下にある五階の実験準備室を」

風真は、持っていた糸を足元のペットボトルの首に巻き付けると、棚の上に置いた。

「南禅寺先生は前日の夜、屋上にあらかじめ作っておいた人型のタイルをセットし、ボンドで留めたヒモを実験準備室まで垂らしておいたんです。この作業は夜間に行われましたから、誰も気づいていません。そして翌日の十二時三十分、南禅寺先生は実験準備室に行くと、そのヒモを引っ張ったのです。こんなふうに」風真が糸を軽く引っ張ると、ペットボトルは造作もなく落ち、中の水が再び床にぶちまけられた。

「あわわ、すみません」

「ハイアタシの出番！」風真が謝るのと同時に井山がまた、素早くモップで拭き取った。

なにやってんだ風真さん——と苦笑いしつつ、アンナは再び想起する。

南禅寺教頭は前夜、教頭室にあった黄色いくくりヒモを、人型のタイルに取り付けた。そしてそれを屋上の端にセットすると、ヒモを垂らしておいた。

翌日の昼、十二時三十分、平にアリバイ作りを強制した彼女は、こっそりと実験準備室に来ると、真下に黒田がいることを確認し——ヒモを思い切り引っ張った。窓枠に残った繊維は、ヒモを引っ張るときに落ちたヒモの一部だ。

そして、人型のタイルが、割れた破片を屋上を残しながら、黒田の頭上に襲い掛かる。「キャーッ!」という悲鳴、ドーンという轟音《ごうおん》、そして「人が落ちた!」という絶叫。

しかし悲鳴を上げたのも、人が落ちたと叫んだのも、実は南禅寺教頭だ。これにより、そこにいた人々に「人が屋上から中庭に転落した」という先入観が刷り込まれた。人々がそう錯覚するように、南禅寺教頭自身が仕向けたのだ。

あとは、黒田の死体が発見されれば、人々は勝手に「黒田が屋上から転落死した」と思うだろう。巧妙な「事実誤認」の一丁上がり、というわけだ。

「……実験準備室は、誰かが来ることもないいわくつき。こうしたトリックがバレるおそれもない、うってつけの部屋だったというわけです。もっとも、なぜいわくつきとなったかにも理由があります。実は、真上の屋上はしばしば黒田先生の逢引きの場所として使われていたんです。実験準備室には男女が言い争っているような声が聞こえてくるという噂がありましたが、これは黒田先生とその交際相手の口論だったんですね。ちなみに、これで屋上の手すりになぜ黒田先生の指紋がついていたかも説明できると思います」

「なるほど……」と、風真の講釈に、溜息にも似たどよめきが起きた。

「よくわかった。もう疑わねーよ」ユージは腕を組むと、大きく首を縦に振った。「教頭という立場を利用すれば、まだ古くもないタイルの改修工事を発注することもできるし、校長や理事長の予定も把握できる。あんたの言ったような犯行は、確かに可能だってわけだ。だが……まだわからんこともある。犯人である南禅寺の動機は何なんだ？」

「それは……」風真は、南禅寺教頭をちらりと見てから答えた。「実は、違和感があったんですよ。南禅寺先生は、他の先生方のことは何々『先生』と呼ぶのに、なぜか黒田先生のことだけは『黒田さん』と呼んでいた。些細《ささい》なことかもしれませんが、呼び方には当人の関係性が滲み出ます。だからこそ思ったんですよ。もしかしてこれは、南禅寺先生にとって、黒田先生が特別な存在だったことの現れなんじゃないかと」

「特別な存在……関係……つまり、南禅寺も黒田と⁉」

「ええ。交際していたんです」

ここから先は推測ですが——と前置きし、風真は続ける。「南禅寺先生は、黒田先生とお付き合いをしていた。しかしプレイボーイである黒田先生は彼女を捨ててしまった。しかも、すぐに今度は雪村先生と交際を始めてしまったんです。このことを恨んだ南禅寺先生は、黒田先生殺害を計画した。具体的なやり方は先ほど述べたとおりです。そして当日、彼女は平先生が夏本さんに手を出していることを利用して自らのアリバイを偽証させる準備をしつつ、『雪村先生のことで話がある。絶対に誰にも見られずにくるように』

と、黒田先生を現場に呼び出したというわけです」

「職員間も恋愛はご法度、ましてや元カノかつ上司からの呼び出し。黒田は言うことを聞かざるを得ねーな」

「よくわかりました」沈黙していた姫川が、風真とユージの間に割って入る。「しかし最後に茶々を入れるようで申し訳ないのですが……南禅寺さんの犯行について、何か具体的な証拠はあるのでしょうか？」

「証拠ならば、おそらく教頭室にあります」風真は、あくまでも冷静に答えた。「おそらく使用したボンドやくくりヒモがあり、鑑定すれば、付着する中庭の土やタイルの破片も検出できると思います。……試しに行ってみますか？」

「いえ、止めておきましょう」乾いた笑いに、悔しさを滲ませつつ、姫川はそっとノートパソコンを閉じた。「敗北感は、そう何度も感じたいものではありません」

不意に、南禅寺教頭が、がくりと膝《ひざ》をつくと、震える声で言った。「私はすべてを彼に捧《ささ》げた。なのに……あんな酷い……」

両目から、頬を涙が流れ落ちる。その二筋が、風真とアンナの推理が正しかったこと、そして南禅寺教頭がどれだけ奔放な黒田に打ちのめされていたかを、何よりも示していた。

泣き崩れる南禅寺教頭の傍に、ユージが、厳しい表情で立つ。

しかしユージは、むしろ気遣《きづか》うような声色で言った。

「次は、いい男を捕まえるんだな」

「はい……」か細い声で頷くと、南禅寺教頭は項垂れたまま、ユージの手錠を両手首に受けたのだった——。

エピローグ

南禅寺教頭を乗せたパトカーが、パトランプを回しながら去っていった。

この一週間、不穏な空気が漂っていた学院にも、再び平穏な空気が取り戻されようとしていた。

遠くに消える赤く明滅する光を、目を細めて見つめながら、ノートパソコンを小脇に抱えた姫川が、呟くように言った。「……今回は僕の負けですね。風真さん」

「勝ち負け、ねえ……」風真は、フッと口の端に笑みを作ると、「そういうの、別にいいんじゃない？　初めから勝ち負けなんかないんだしさ。……強《し》いて言えば、僕ら《ネメシス》がいて、姫ちゃんがいて、ＡＩがいて、皆がいたからこそ、真実を突き止めることができて、事件は解決。大団円……ってことでいいんじゃないかな？」

「確かにそうですね。事件が解決すれば、当初の目的は達成される。それで十分かもしれません。しかし……」

「何か不満なのか？」

「いえ。大したことではありません」姫川は、小さく肩を竦《すく》めると、「ただ個人的に、やっぱり風真さんはもう少しＡＩを勉強したほうがいいと思っているだけです」

「もー今それ言うー？」せっかく決まったと思ったのにさー、と風真がくねくねと身悶《みもだ》えた。

後ろにいた栗田が思わずぷっと吹き出す。

「確かに風真さん、もっと勉強したほうがいいかも！」込み上げる笑いを堪えながら、アンナも言った。「実際、姫川さんのＡＩの分析力、凄かったですもんね。でも、ＡＩにできないこともあるとわかれば、もっと凄いと思うんです」

「……と、言うと？」

問い返す姫川に、アンナは、「誰かを守るために自分が犠牲になろうとするとか、鏡に映る時計を見間違えるとか、落ちるタイルの塊を人間だと勘違いするとか、スマホの機能が全部使えないとか、真面目で堅物なのに愛に目が眩《くら》んで自分を見失うとか……人間って、もうちょっと複雑で、もうちょっといい加減なものなんじゃないかと思うんですよ」

そして、両手を広げ片足で立つポーズを姫川に見せると、「インドのトンボっ！　……ね？　こんなことも、ＡＩにはできないでしょ？」

「なるほど、確かにそのとおりです」苦笑いを浮かべながら、姫川は言った。「まだまだＡＩには、学ばせるべきことがある。心に刻んでおきましょう」

そう言うと姫川は突然立ち上がり、両手を広げ片足で立ち、ニコッと口角を上げる。

彼の真っ白な歯に、パトランプの赤が反射し、キラリと輝いた。

「おおっ……！」

それは、アンナ目線でも実に美しく完璧な、インドのトンボだった。

第二話　名探偵初めての敗北

プロローグ

「中村勇気《なかむらゆうき》三冠、講談新聞の山本《やまもと》と申します」

「ああ、どうも」

「本日の対局、素晴らしかったです。お疲れでしょうが、インタビューお願いします」

「どうぞ？　大して疲れてないですし」

「さすが三冠……では改めて、全国の将棋ファンが待ちかねた本日の豪将《ごうしょう》戦第四局、振り返っていかがでしたか」

「フツーです。序盤は第一局と似た感じで進んだんで少しおやっとは思いましたけど、中盤以降はまあ、当たり前に進んだなという印象です」

「ということは、中盤、終盤もあまり悩まなかった？」

「別に。というかあれ逆に悩む人いるんですか？」

「悩まない人はあまりいないと思いますが……」

「それって単なる勉強不足ですよね。ちゃんと考えればわかることでしょ？　想定外のことが起きたら、それこそ『奇跡』ですよ」

「そ、そうですか。……ところで、相手の山神海彦《やまがみうみひこ》七段、対局中は随分と苦しげな、鬼気迫る表情をされていたようですが」

「そうなんですか？　見てませんでしたけど」

「集中されていたんですね」

「別に。というか、相手の顔を見る必要ってなくないですか？　将棋って顔でやるものじゃないですし。でも、やる気はなさそうでしたね」

「やる気……というと」

「山神さん、終盤で金打ったじゃないですか。桂成、同銀、同香成と指した後の。あれのせいで手筋の視野が三分の一くらい狭くなって」

「三分の一？」

「ええ。三十度くらいですかね。その分、終盤の逃げ道が消えちゃったじゃないですか。思わず笑っちゃった。あれが無意味なことくらい、プロならわかるでしょ」

「わかる……んでしょうか？」

「そりゃわかるでしょう、考えればいいだけですし。だからもう、なんかやる気ないのかなーって」

「その……山神さんからは、特に何もお聞きしていませんが……」

「いいですよ。別に感想聞いたからなんだって話ですし。興味ないです」

「な、なるほど。……それはともかく、ですね。気を取り直して。これで豪将戦は第一局、第二局を山神七段が取り、その後の第三局、第四局を現豪将である中村三冠が巻き返し、五番勝負は最終局までもつれこむことになりました。最後の戦いにかける意気込みをぜひ！　ファンの皆さまにもお聞かせください」

「別に、いつもどおりとしか」

「自信がおありだと」

「自信がどうのじゃなくて、いつもどおりってことなんですが」

「つまり、上げ潮に乗っていつもどおり指せば、最終局も獲《と》れる」

「勝負を潮の満ち引きに譬《たと》えるのってちょっと変じゃないですか。単に、自分をしっかり追い込めるほうが勝つだけってことで」

「しっかり追い込み、作戦もいつもどおりに立てていくと」

「別に？　作戦って、その場に応じていつも違うものになるもんですし」

「ま、まあそうなんですが、えーと……対局は長くなりそうですかね？」

「短いんじゃないですかね、今日の感じだと。あまり考えずに指せそうな気がします。全然面白くないですけど」

「でしたら、ぜひとも面白い対局となることを期待しています！　今日はお疲れのところ、本当にありがとうございました！」

「はあ、どうも」

1

「少し、お話を聞いていただきたいのですが……」

その男が探偵事務所ネメシスを訪ねてきたのは、三十分ほど前のことだった。

恰幅《かっぷく》のよい体つきの、壮年の男。下駄《げた》のような四角い輪郭《りんかく》の赤ら顔。白髪混じりの髪の毛をオールバックに撫《な》で付《つ》けた、いかにも豪快そうな風貌《ふうぼう》の男は、ネメシスの探偵である風真尚希《かざまなおき》に会うなり、手を採んだ。

「おお、あなたが高名な風真先生！　いやぁ、写真で見るよりイケメンですなぁ」

「そ、そーですかね」

あからさまなおだて上げ。デヘへとまんざらでもない風真に、ネメシスの社長である栗《くり》田一秋《たかずあき》は、「早速籠絡《ろうらく》されたか……」と、助手である美神《みかみ》アンナとともに肩を竦めた。

ネメシスでは栗田が社長、そして風真が探偵、アンナが助手という肩書きを持っている。だが実態としては、アンナが探偵、風真が助手だ。

応接室に通された男は、居住まいをただすと、その風体に似合わない慇懃《いんぎん》な所作で名刺を差し出した。「実は私、こういう者でして……」

——講談新聞社　広報部長　塩谷壮志郎《しおやそうしろう》

その文字は、打ち合わせテーブルの近くで、タバスコ入りナポリタン——むしろナポリタン入りタバスコに近いもの——を割りばしでつつくアンナにも、遠目に読み取れた。

講談新聞といえば、全国紙の一角を担う大新聞社。そこの広報部長ってことは、まあまあ地位の高い人だ。そんな人から依頼が来るなんて、この事務所《ネメシス》も随分と有名になったものだなー。

男——塩谷は、名刺に目を細める風真に切り出した。「実は、当新聞社が主催する将棋タイトル戦、『豪将戦』で、カンニングが行われているという疑惑があるのです」

「カンニング……？」

「ええ。ある棋士が、対局中にこっそり将棋ソフトを用いているらしいのです」塩谷は、気持ち声を潜めながら、「最近のソフトに用いられるＡＩは優秀です。プロ棋士でも勝てないほどですよ」

「確かに、対局でも分析に使うって聞いたことがありますね。しかし、そんなツールを、よりによってタイトル戦で使っているなんて、穏《おだ》やかじゃないですね」

「まさしく！」塩谷は、渋い顔をすると、「何せ歴史と名誉ある豪将戦です。もしカンニングがあったと世間に知れたら、それはもうえらいことになるでしょう。そうなる前に真相を突き止め、手を打っておく必要があるのです。さもなくば、担当者である私もえらいことになってしまう」

えらいこと、と言いながら塩谷は首元で手刀を横に切ると、「しかし、私たちには調査のノウハウがありません。そこで！　数々の難事件を解決に導いた風真先生に、なんとかしていただきたいと、お願いに参った次第です」

塩谷は頭を下げると、頭皮が透けた後頭部を見せた。

風真は、横にいる栗田と一瞬、視線を交わしてから、「……豪将戦、今まさにやっている最中でしたよね」

「そうです。お詳しいですね」

「ニュースでやってましたから。確か、若き棋士が現豪将で話題ですよね。確か……中村さんってお名前だったような」

「ええ、中村勇気三冠は、十八歳にして豪将を含むタイトルを三つ保持する天才棋士です。児童養護施設の出身で過去が謎めいていることでも知られていますね。……一方の挑戦者は山神海彦七段。四十四歳にして初めてタイトルに挑戦するベテランです。力はあるのですが、タイトルとは縁遠い方で、こちらも真剣師出身という異色の経歴の持ち主です」

「真剣師？」

「賭け将棋で生計を立てるアマチュアの将棋指しですよ。まあ、山神七段が真剣師だったのは、二十年以上も前のことらしいですけど」

「思い出しました。山神さん、『中年の星』と言われてましたね。……ところで勝敗は？」

「五番勝負の第四局まで終わっていて、今は双方二勝二敗のイーブンです」

「つまり、次の対局で決まると」

「最終局は一週間後です。中村三冠が勝てば防衛成功、山神七段が勝てば、タイトル奪取となります」

「まさしく勝負の一局ってやつですか」風真は、仰々しく頷いた。

「……ねえアンナ、ごうしようせん、って何？」

アンナの傍で、四葉朋美《よつばともみ》が囁《ささや》くように聞いた。

朋美は以前、爆破テロ事件の捜査中に知り合った二十一歳の女性で、アンナの親友だ。

色々あって、しばしばネメシスに顔を出している。

「なんか、将棋のタイトル戦みたいだよ」そう言うとアンナは、パスタを一本ちゅるちゅると啜《すす》り上《あ》げた。

タバスコの酸、塩、辛、そこにケチャップの甘と、ピーマンの苦、渋が加わる。おお、ナポリタンこそタバスコの複雑な味わいを最大限に引き出す料理であるぞ——そう確信しながら、アンナは適当に続けた。「でも私、将棋はよく知らないんだ」

「そうなの？　アンナちゃん得意そうだけどなー」

「どーだろね、チェスならできるけど」インドにいたころ、少しだけ嗜《たしな》んだ。

「……で、カンニングをしているのはどっちの棋士なんですか」

風真の問いに、塩谷は、少しの間を置いてから、「中村三冠です」

「え、そっち!?」風真は目を瞬いた。「てっきり挑戦者のほうかと思ってました」

「まあ、勝ちたいのは山神七段でしょうからね。でも実際のところ、少々中村三冠がいわくつきの棋士でして」

「いわくつき？」

「耳にしたことがありますね」風真の横で静かにしていた栗田が、口を開いた。「中村三冠は以前、ＡＩを使ったカンニングの噂があったのでしたね」

「そう。そうなんです」塩谷は、ゆっくりと首を縦に振ると、「そもそも発端は、『サイボーグ疑惑』ってのがありまして」

「なんですかそれ」

「まるで機械みたいなんですよ、指し手が」首を傾げる風真に、塩谷は続けた。「序盤、中盤、終盤、どんな場面でも、必ず最善手を指すんです。しかも、ほとんどミスをせず」

「プロでもなかなかできない芸当ですよね」

「ええ、だからこそ三冠を獲れたんですが、一方では、ＡＩが頭の中に組み込まれているんじゃないかって冗談が生まれたんです」

「それが、サイボーグ疑惑だと」

「はい。加えて中村三冠はなかなか個性的で……何と言うんでしょう、率直というか、歯に衣着せぬ人柄《ひとがら》というか……まぁ、それもまた機械っぽさに拍車を掛けている節もあるんですよね」

「自信家なんですかね」

「かもしれません。……そうそう、機械っぽいといえば、中村三冠は対局中、絶対にその場を立たないというのも伝説ですね」

「え、ずっとですか？　対局ってかなり長時間ですよね」

「ええ。豪将戦は持ち時間が一人五時間で、終局まである一日掛かります。でもその間、中村三冠は背筋を伸ばしたまま、ほとんど動かないんですよ。身体を動かすのは、指すときと、時々水を飲むときくらいです。食事もしませんし、トイレにも立ちません。瞬きもほとんどしないんです」

「それは確かに、機械っぽいなあ……」風真は感心したように首を縦に振った。

水を飲むだけで何時間も考え続けられるのは、すごいな。少なくとも私には、何も食べずに考え続けるなんて、無理だ。皿に残ったナポリタンのソースを名残惜《なごりお》しそうに割りばしでかき集めながら、アンナもそう思った。

「サイボーグ疑惑も、初めはただのジョークだったんですけどね」塩谷は、頭をポリポリと掻きながら続けた。「ただ、言動があまりにも反感を買ったからでしょうかね、いつしかジョークが、『彼はAIの力を借りている』っていうふうに変化していった」

「AIでカンニングをしていると思われた」

「さらに公式戦でスマートフォンを持ち込んでいたことが一度あって……」

「あれ、スマホの持ち込みってダメなのでしたっけ」

「アウトです。対局者は身一つで盤に向かうのが原則ですから。その対局も失格となっています」

「なるほど。でもそれだけでカンニングというのもなぁ……」

「おっしゃるとおり、そもそもカンニングしているのかどうかはわかりません。天才とはいえ、当時は高校生だったので、うっかりしていただけかもしれない。しかし、ここまで噂が噂を呼ぶと、我々としても何もしないわけにはいかない。……そこで！」

「私たちに、調べてほしいというわけですか」塩谷の言葉を、風真が先取りした。

「まさしく！」塩谷は深く頭を下げると、「カンニングがなければそれでよし、もし行われていれば明るみに出る前にしっかり片付ける。それが豪将戦を後援する我が社の使命なのです。さもなくば我が社の沽券《こけん》にかかわりますし、責任者である私の首も危うくなる。ですからどうか……どうか、なにとぞこの話をお引き受けいただきたく！」

「…………」

どうしますかねぇ、と言いたげに、風真が横目で栗田の顔色を窺った。

栗田は、じっと腕組みをしたまま考え込んでいる。

「アンナちゃんはどう思う？」朋美が囁いた。「栗田さん、引き受けるかな」

「そうだねー。これはたぶん……」アンナは、じっと栗田の挙動に注視する。

この姿勢、この表情——引き受けるやつだ。

「わかりました。お引き受けします」厳かに答える栗田。アンナはテーブルの下でガッツポーズを取った。

「ありがとうございます！」

塩谷は破顔すると、テーブルの上で土下座でもしそうな勢いで、また頭を下げた。

ふと、栗田が呟くように言った。「児童養護施設出身の天才棋士か……」

2

「へー、美神アンナさんっていうんですか！　名前、外国の人みたい！」

モノトーンでフリフリ、しかし紫のリボンがワンポイントなゴシックロリータファッション。背は小さくて丸顔、ピンクのツインテールのウィッグに、水色のカラーコンタクト。

このなかなかのインパクトを持つ少女は、しかし胸にこんな仰々しい名札を付けている。

――日本将棋協会　女流名人　福丸《ふくまる》まる美《み》
「アンナさんって呼んでいいですか？」まる美は、人懐《ひとなつ》こい笑顔で言った。

「もちろん。対局当日までよろしくお願いします。福丸先生」

「あ、まる美でいいですよー！　ふくまるせんせい、ってなんかダサくないですか？　あと敬語もいらないです。アンナさんも取材のお仕事でこられてるんですよね？」

「あー、うん」アンナは、適当に話を合わせた。事務局からは、アンナが探偵であることは伏せて伝わっているようだ。さすがに、棋士の不祥事を調べているのだとは、棋士の前では言いがたいのだろう。

フレンドリーなまる美に、アンナもご機嫌に応じた。「じゃあ、まる美ちゃんでＯＫ？」

「もちろん！　よろしくお願いしまーす！」現役女子高生らしい、屈託のない満面の笑みを、まる美は返した。

「……中村三冠は、豪将戦の対局当日まで、いくつかのイベント対局をこなす。そのイベントに将棋協会の女流名人が、アシスタントとして同行してる。アンナはその女流名人と一緒に行動し、カンニングの兆候を摑んでほしい」

塩谷部長を通じて、先方に話はつけてある――なるほど、取材の名目で調査をしろってことね。

「聞けばそっちはいつも人が集まるそうだ。危ない目にも遭わんだろう」

「ラジャー。てか、風真さんはどうするんですか」

「あいつは私と一緒に、挑戦者のほうに張り付く。てなわけで、そっちの調査はお前に任せた」

――お前に任せた、ねえ……。

控室《ひかえしつ》のテレビで、昼のバラエティ番組を見て笑うまる美を見ながら、アンナは苦笑した。要は丸投げだ。まったく、栗田さんも人使いが荒いなぁ——。

でも、ちょっと面白そうではある。十六歳の現役女子高生ゴスロリコスプレイヤー、しかしてその実態は、天才将棋少女。この子のキャラにもちょっと興味がある——。

「ねえ、アンナさん」まる美がくるりと振り向くと、唐突に言った。「中村三冠の対局、待ち遠しいですね。私、大ファンなんですよ！」

「へえ、そーなんだ」

「はい。だってめっちゃ強いじゃないですか！　見た目もクールだし、顔もこう、キリッとしてて、なんだろう、陰陽師《おんみょうじ》みたいでカッコイイ……」

「そうだねー」実のところ、中村三冠の顔をまだきちんと見たことがないのだが——陰陽師みたいというのは、誉《ほ》め言葉でいいのかな？

「早く対局始まらないかなぁ……あ、アンナさん！　このスイーツ食べたことありますか？」

まる美が、ころころと話題を変えながら、テレビに映る真っ赤なパフェを指さした。

『スコヴィル値十万だそうです。え、スコヴィルって何？　まあいいや。でも、こ、これは……なかなか刺激的な……うぅ、味もなんというか、複雑ですね……』と、芸人リポーターが脂汗を額に浮かべ、苦悶《くもん》の表情で食レポをしている。

「うん、食べたことあるよ」めちゃくちゃ美味しかった。皆には不評だったけど――。

しかしまる美は、うっとりと目を細めると、「これめっちゃ美味しいですよね！　辛味と甘味が絶妙にマッチして、まるでジェットコースタームービーを観ているみたいで……とにかく、これまで味わったことのない小宇宙《コスモ》を感じたんですよね」

「……わかる！」

今回の仕事は面白く務められそうだ。そう確信しながら、アンナは深く頷いた。

＊

陰陽師、とまる美に譬えられた中村三冠は、アンナが想像していたよりも美形だった。やせ形で、背はそれほど高くはない。色白で、すっきりと細長い顔に、細筆で描いたような一重の目とも相まって、すべてがシンプルに造られている。

人間が持つ生々しくどろどろとした感じがなく、ロジカルな見た目だ。どこか超然としている、と言ってもいい。なるほど、サイボーグ疑惑が生ずるのもわかる。

細身のスーツを着た中村三冠は、イベント会場のステージ上に現れると、黄色い声援を送るファンにまず、ちらりと無表情のまま一瞥《いちべつ》をくれると、興味なさそうな顔で、与えられた席に向かった。

ずけずけと物を言うから、アンチが多い。一方でまる美のような熱烈なファンが多いのも、中村三冠の特徴らしい。この冷淡さが、むしろ人を惹《ひ》きつけているのかもしれない。

「それでは、オンライン指導対局を始めまーす」

後からステージに上ったまる美が中村三冠の横に座ったのを見て、将棋協会の司会者が、イベントの開会を宣言した。

イベントはまず、第一部として、プロのオンライン指導対局を中継し、そこに中村三冠とまる美がコメントを付していくという形で進んでいった。

中村三冠はこの手のイベントではとても人気があるのだという。なぜなら――。

「あれ、ここで飛車を打つんですか。平たく言うとバカですね」

「ほら、十三手詰みでしょコレ。見てるようで何も見てないんですかね」

「あー、なんか退屈じゃないですか？　皆さんは見てて面白いんですかね」

ほとんど暴言のようなコメントが、一部の人々には受けに受けるのだという。もっとも、言われた側もプロだ。いい気はしまい。カンニングしているんじゃないかと陰口《かげぐち》を叩きたくなる気持ちも、理解できなくはない。

やがてイベントは第二部、中村三冠とアマ王者による公開対局へと進んでいった。

ステージの袖《そで》から、アンナは対局中の中村三冠の一挙手一投足を凝視した。一見して怪しい感じはない。背筋を伸ばして正座し、じっと瞬きもせず、盤上に視線を落としているのみだ。

相手がうーんと唸って一手を指すと、ものの数秒で次の手をトンと小気味よい音とともに盤上に放つ。その動作には淀《よど》み、ためらいは一切ない。その雰囲気はまさしくサイボーグだった。

いつの間にか対局に見入り、ハッと気づくともう一時間は経っていた。

イベント会場もシーンと静まり返っている。中村三冠の醸《かも》し出《だ》す雰囲気に飲み込まれたかのように、囁き声《ごえ》のひとつも聞こえない。

「もう勝ちは決まり……」袖に引っ込んでいたまる美が、アンナの横で呟いた。

ふと見ると、まる美がカラーコンタクトの奥から射貫《いぬ》くような鋭い視線で、対局を見つめている。先刻までの軽い雰囲気はなく、眉間に力を入れた表情は、まさしく棋士だ。

「王が逃げたら銀が成る……金が寄ったら桂打ち……ああ、序盤の歩が生きてる……中村三冠、ほんと容赦ない……」まる美の手が忙《せわ》しなく動いている。よく見れば、その手の動きは目の前にいる中村三冠や対局者のそれとまったく一緒だった。

過度の集中によって、動きが同化しているように見えた。たぶん、癖《くせ》なのだろう。まる美は、アンナの視線には気づくことなく、なおも手を動かしながら呟いた。「投了するしかない……三冠マジカッコイイ……ステキ……スキ……」

「……まいりました」負けを認めたアマ王者が、悔し気に頭を下げた。

それを受け、中村三冠が無表情のまま、軽い会釈だけを返した瞬間――。

ピピピピ、ピピピピ、ピピピピ、とどこかで携帯電話が鳴った。

「あ、すみません」中村三冠が、ジャケットの内ポケットからスマホを取りすと、「今、仕事中ですので」とだけ言って、電話を切った。

あまりにもあっさりとした応答に、ははは、と会場から小さな笑い声が起きる。

だがアンナはふと、塩谷の言葉を思い出す。

――公式戦でスマートフォンを持ち込んでいたということが一度あって……対局者は身一つで盤に向かうのが原則ですから。

今は公式戦じゃないから、身体検査もなく、スマホを持っていても大丈夫なのか。

だがそれにしても、スマホを懐《ふところ》に忍ばせていなければならない理由があるのか？

訝りつつもアンナは、ステージの上で今の対局について、涼し気に、しかし毒を交えながら感想を述べる中村三冠を、じっと見つめていた。

＊

「銀は直進プラス前後の斜めにひとマス、金は直進と斜め前、あとは横と後ろにひとマス動けます」まる美は、ポケット将棋盤を目の前に開くと、小指の先ほどの大きさしかないマグネット式の駒《こま》を盤上に置いて説明した。「あと飛車は縦横にどこまでも、角行は斜めにどこまでも行ける」

「ルークとビショップみたいなもの？」

「そうそう！」チェスの駒に譬えたアンナに、まる美は何度も頷くと、「チェスができるなら、アンナさんもすぐに将棋が指せるようになると思いますよ」

「そうかな？」

「そうですよ！　でも、チェスと違うのは、取った駒をまた使えるってとこですね」

「また使える……」ということは、チェスとは戦略がまったく異なるということになる。

チェスは手駒を失えばそれきりのゲームだ。相手の駒を取っても使うことはできない。静かな局面の中でどうやって手駒を温存し詰み《チェックメイト》にするかが勝利のカギとなる。

一方将棋は、相手の駒を取れば駒不足に陥《おちい》ることはない。つまり、一見して形成が不利に思えても、盤上が賑やかなら隙も生まれやすく、逆転の望みも生まれてくる。

チェスとはまた質の異なる奥深さがありそうだ。「……面白いね」

「そーなの！　面白いの！」そう嬉しそうに言うと、まる美は、「試しに将棋を指してみませんか？」

「うん、やってみる」面白そうだ。アンナは腕まくりをしながら、「でも初心者だから、お手柔らかにね」

「はい！　まずルールを覚えるために駒落ちはせずに平手でやります。私が先手で行きますね」まる美は、ツインテールを揺らしながら、楽しげに駒を並べ始めた。

根っからの将棋好きなんだなあ。そう思いつつ、アンナは何気なく訊いた。「中村三冠って、強いんだよね」

「もちろん。史上最強の棋士だと思ってます。十八歳で三冠も最年少記録ですしね」

「そんなに強いなんて……まさかカンニングしてたりして」

「あー、ないない！　それはないですね」冗談めかしたアンナの言葉に、まる美は即座に否定した。「カンニングなんて、絶対にあり得ません！」

「ふーん」真っ向から否定されると、むしろ疑いが湧《わ》く。「なんで？」

「だって、中村三冠は史上最高の天才ですもん」真剣な表情で、まる美は言った。「あの人ならＡＩにも勝てますから。だったら頼る必要もないですよね？」

「まあ、確かに」妙な説得力。アンナは思わず頷いてしまった。

「それより対局、対局！　はい……７六歩」ウキウキとした仕草で、まる美が自陣の角の右斜め前の歩を進めた。「私がアンナさんに合わせます。まずはお好きにどうぞ！」

「わかった」アンナは、ひとつ深呼吸をすると、今一度、将棋のルールを反芻《はんすう》する。それぞれの駒の動き。基本ルール。それらを頭の中でおさらいすると、盤上をじっと見つめ、それから――。

そして、十秒後。

空間没入、ならぬ、盤上没入。今日見たプロたちの対局を脳内に描き出しながら、駒の動きと可能性を、頭の中で虱潰しに探していく。

「……はい」アンナは、歩をひとつ前に進めた。

「３四歩。定跡ですね……ん？　定跡？」まる美が首を捻った。「アンナさん、将棋指すのは初めてでしたよね？」

「うん。でも、これがよさそうだったから」

「なるほど？　……だったらこの後、私が何を指すかわかります？」

「たぶんここに歩を……２六歩？　あ、ルール的に大丈夫だよね」

「もちろん大丈夫です。けど、どうして私が2二角成じゃないと思ったんですか。角の交換ができるじゃないですか」

「できるけど、それだと一手遅くならない？　もったいないかなって」

「……ちょっと本気にならないといけないかもですね」

驚いたようにそう呟くと、まる美は腕まくりをした。

3

「中村三冠、どんな感じだ？」

『さすがに、あからさまにカンニングって感じはないかなー』問う風真に、スマートフォンの向こうで、アンナは言った。『さすがに、むぐ、何かを盗み見てるっていうようなことはなかったかな。でも……』

「でも？」

『スマホを持って対局してたことがあったんだよね。むぐ、ていうか、特に注意されなければいつも肌身離さず持ってるみたい』

「ほほー、それは怪しいな」風真は、無意識に眉を顰めた。

──風真の知人に、人工知能の研究者である姫川烝位《ひめかわじょうい》という男がいる。少年時代からハッカーとして名を馳《は》せ、現在では若くしてAIの分野にかけては世界でも最前線を行く学者となった男だ。外見もかなりのイケメンとあって、女性ファンも多い。頭もキレるし、間違いなく有能ではあるのだが──。

風真が問い合わせたところ、姫川は即座に、冷ややかな声色で答えた。『風真さん、そんなことも知らないんですか？　残り少ない人生を無駄にしすぎでは？』

──そう、少々クセが強いのだ。

『最近のスマートフォンは高スペックで、十年前のスパコンほどの性能を持っています。AIも研究され、プロ棋士以上の強さを持つアプリがすでに複数存在しています。そもそもスマートフォンであれば、インターネットを経由してPCに繫《つな》ぐ方法もあるでしょう。そうなればもはや無敵です』

「つまり、スマートフォンを隠し持ってれば、無敵になる」

『ええ。端末さえ手元にあれば、風真さんも今すぐプロ棋士と戦えますよ』

もちろん、カンニングがバレない前提ですけれど──と、冷ややかな口調で、姫川は言ったのだった。

「スマホが、カンニングツールになってる可能性があるな、アンナ」

『でも今は、スマホの持ち込みも難しいよ、むぐ、そもそも盤面情報のインプットが必要だし、スマホはあまり現実的じゃないかもね』

「じゃあ、中村三冠はシロか」

『うーん、それもどうだろ……』思案するような間を置いて、アンナは、『まだ疑惑は拭えてないいって段階かな。まる美ちゃ……福丸女流名人は、それはないいって断言してるけど』

「……ふむ」

『きっと、AIはもう常識の範囲内では人間より強いんだろうね。でも、人間だからこそ指せる手もあるから、まだわからないよね……むぐ』

姫川が聞いたら怒り出しそうな言葉だ。それにしても——。

「さっきからむぐむぐ何食ってんだ？」

『あ、コレ？　まる美ちゃんにもらった大福食べてるんだ』

「大福？」

『うん。苺《いちご》ゴーヤ大福。甘苦くて美味しいよ？』

甘苦い——さっぱり意味がわからん。やっぱりアンナの味覚は特殊だ。

『ゴメン、まる美ちゃんが来ちゃった。また報告するねー、じゃっ！』

「あ、ちょっ！」

呼び止めようとしたときには、すでにスマートフォンはツー、ツーという無機質な電子音を返していた。

やれやれ、風真は肩を竦める。その頬に、ぽつりと水滴が落ちた。

目を細め、空に手をかざし、重苦しく垂れ込めた曇天《どんてん》を透かす。「もうすぐ雨か……」

無意識に呟いて、ふと思う。なんか今の俺——ちょっとハードボイルドっぽくね？

「なにボケッとしてんだ？　そろそろ行くぞ」背後で、栗田が風真を促した。

＊

旅館・松島荘《まつしまそう》。

大正五年創業、横浜の高台に建つこの老舗《しにせ》旅館は、横浜の大正モダンを今に残す由緒ある宿として知られていた。広い敷地《しきち》の中央に建つ本館母屋は、和洋折衷形式で作られ、県の重要文化財にも指定されている。そこから見える日本庭園も美しいという評判だ。

とりわけ、その庭園に突き出すようにしつらえられた三つの特別客室。名だたる文豪やＶＩＰが好んで宿泊したと言われるそれらの部屋のうち、最も奥まった場所にある一室が、『天恵《てんけい》の間』——明日行われる豪将戦の最終局、その舞台に選ばれた特別展望室だ。

「山神七段は、すでに天恵の間におられます」先導する塩谷が気持ち小声で言った。「精神を集中させるために、昨日から入られているんです。ちょっとピリピリしているかもしれませんが、ご容赦を」

風真は、厳かに頷いた。

山神七段に話を聞きたい——それが今日、横浜までできた風真たちの狙《ねら》いだった。もし中村三冠がカンニングをしているのならば、その兆候を最も感じ取れるのは対戦する山神だろう。何か手掛かりが得られるかもしれない。そう思ったのだ。

「ここから先は特別エリアで、あとは一本道の廊下が続きます」大広間と共用トイレを過ぎると、塩谷は、「特別エリアには天恵の間のほか、鶴《つる》の間、亀《かめ》の間がありまして、それぞれ中村三冠、山神七段の控室となっています」

「はえー」塩谷の説明を聞きながら、風真は思わず素っ頓狂な声を漏らす。

天恵の間に至る前の、この廊下ですら、すでに「ここはどこの城だ?」と思うほどの立派さだ。窓からも、すでに雨にけぶる美しい庭園が見渡せる。

しばらく歩くと、左手に鶴の間、右手に亀の間があった。それぞれ襖《ふすま》で仕切られている。襖絵——それぞれ鶴と亀が描かれている——はおそらく、名のある日本画家のものだろう。

そして、さらに先に、金箔《きんぱく》が張られた派手な襖が見えた。

塩谷が早足で先に行き、その襖の手前で膝を突くと、「先生、今、よろしいでしょうか」

『……構わん』くぐもった声が、襖の向こうから聞こえた。

塩谷がすーっと静かに襖を開けると、二十畳はあると思われる開放的な和室が現れた。

真新しい藺草《いぐさ》の香りに鼻をくすぐられながら目をやると、窓外に立派な庭園と横浜の街並み、そして東京湾までが一望できた。

通常の宿とは一線を画す特別な風景。さすが、特別展望室だけのことはある。

「ほう……」さすがの栗田も、感嘆の声を漏らしつつ、しかし小声で、「まあ、何か細工できるような部屋じゃなさそうだな」

「そうですねえ」見るからに高級な建材だ。ここに仕掛けを施すのはかなり勇気がいる。

頷きつつ部屋の中央に目をやると、和装の男が一人、背を向けて胡坐《あぐら》を掻いていた。

「山神先生に、ご面会です」

襖の手前に侍《はべ》ったままの塩谷が、目線をやや下に向けたままで言った。

胡坐の男――山神七段は、背を向けたまま、低い声で、「……あんたたちは？」

詰問するような口調に一瞬戸惑う風真の横で、栗田がその場で正座をすると、落ち着いた声色で応じた。「探偵事務所ネメシスの者です。私は栗田、こちらが風真です」

「探偵が、なぜここへ?」

「今回の対局に当たり、不正が行われている。そういうお話を伺ったので、依頼を受けて調査をしています」

「不正……依頼……」ぐるり、と山神七段が身体ごと後ろを振り返る。

濃茶の着流しを着た男。長めのぼさぼさとした、手入れをしていない白髪混じりの髪。顔の骨格は角ばり、脂肪はほとんどない。顎に残る無精髭《ぶしょうひげ》と、深く落ち窪《おちくぼ》んだ眼窩《がんか》が、野犬のような印象を抱かせる。

ぎらりと射貫くような視線を風真に向けると、山神七段は、口の端に嘲るような笑みを浮かべて、「俺の対局はいつも真剣勝負だ」

「承知しています」背筋をピンと伸ばしたまま、栗田は、「しかし、真向かいに座られる方もそうとは限りません」

「………」しばらくの間、山神七段は、目を見開いたまま値踏みをするように栗田と風真を交互に見ていたが、やがて、一言だけ、「彼は……強いよ」

そして、懐を何度もまさぐるような仕草をした。

「おタバコですか?」背後にいた塩谷が、素早くライターを取り出す。

しかし山神七段は、「いや、止めてるんだ」と塩谷を制すると、「悪い癖だ。駒よりタバコに馴染《なじ》もうとする右手なぞ、いっそ切り落としたほうがいいんだがな」

言い回しに、風真はぎょっとする。それが冗談とも言いがたい雰囲気を、山神七段が纏《まと》っていたからだ。

「風真君といったな」山神七段が、不意に誘った。「君、将棋は指せるか」

唐突な質問。ごくりと無意識に唾を飲み込みつつ、風真は、「ルールを知っている程度ですが」

「そうか。時間があるなら、これから俺と一局どうだ?」

「わ、私がですか!?」風真は頭を強く横に振った。

胸を借りる? まさか! 手加減してくれたとしたって、いくらなんでも格が違いすぎる。

「冗談だよ」慌てる風真に、山神七段は苦笑すると、「あんたは明日の対局、どっちが勝つと思う?」

風真は、唐突な質問にどぎまぎしながらも、「たぶん……強いほうが勝つのではないかと」

「強いほうが勝つ、か」山神七段は、目元に初めて柔和な皺を寄せ、薄く笑った。「いいことを言う。駒の重さは人生の……覚悟の重さだ」

それから、少しの意味ありげな間を置いてから、「風真君、勝つのは『ダモクレスの剣』を持つ俺だ」

「ダモクレスの剣……？」

聞いたことがある故事だ。確か、シチリアの僭主《せんしゅ》に仕えるダモクレスが、僭主の玉座に座ってみたら、頭上に剣が吊《つ》るされていた、というエピソードだったと記憶している。

だが、その剣を山神七段は、何の比喩《ひゆ》で使っているのだろうか——。

「俺は負けない。負けるわけがないんだ」まるで自分に言い聞かせるように何度も呟くと、山神七段は、風真を真っ向から睨むように見つめた。

やせた頬。しかしクレーターのような円錐《えんすい》を描いて落ち込む眼窩の奥には、二つの不敵な瞳が爛々《らんらん》と輝いている。

これは——決意？　——いや、覚悟のようなものか？

悲壮感を纏う一人の中年棋士を見ながら、風真はまた、無意識に唾を飲み込んだ。

＊

山神七段との面会を終えて大広間に戻ってくると、一人、壮年の男が座っていた。

でっぷりと太った身体に、サイズが小さくピチピチになったストライプのスーツ。頭は疎らな白髪、恵比寿《えびす》様を思わせる顔つきは、なんだか人懐こい。

「あっ、先生もいらしてたんですね!」男の姿に気づくや、塩谷が手を上げた。

「おお塩谷さん!」男もまた、豪快に笑いながら手を振り返すと、腰を摩《さす》りながら立ち上がった。「あいたた……突然申し訳ない。山神君はもうきていますか」

「はい。先ほどから天恵の間におられます」

「気合が入っとりますね。まぁ、タイトルの正念場ですから、当然でしょう。私も竜聖《りゅうせい》を獲ったときには緊張したもんです。何せ、タイトルを持つ持たないは棋士人生を大きく左右しますからねえ。ところで……」にこやかに塩谷と談笑していた男は、ふと風真たちの存在に気づくと、「……こちらの方は、どなたです?」

「あっ、すみません、以前お伝えしていた、探偵の方でして」

塩谷に促され、風真は会釈した。「はじめまして、探偵事務所ネメシスの風真です」

「探偵……? ああ、例の話ですか! どうもどうも初めまして」男は改めて、自己紹介をした。「将協の南方鹿雄《みなかたしかお》です。最終局の立会人を務めます」

塩谷が早口で補足した。「南方九段は、将棋協会の理事で、山神七段のお師匠さんでもあるんですよ」

「そうなんですか」

「大体のお話は塩谷さんから聞いていますよ」南方は、前歯が一本抜けた口の中を見せながら言った。「不正となれば一大事です。ぜひともよく調べてください。天恵の間だけでなくあちらこちら、隅々《すみずみ》までしっかりと、よろしくお願いしますよ」

「承知しました」慇懃で柔和な態度だ。だが、なんとなく裏があるような気もする——漠然とした疑念を持ちつつも、風真は、「対局の邪魔はしないよう注意いたします」

「そう、それ大事です。ぜひともお願いしますね。あいたたた……」顔を顰めながら、南方が再び腰に手を当てた。

「どうかされましたか？」

「いえね、先日ギックリ腰をやりましてね……こんな大一番の前に、情けない話ですよ」

「ああ、それはどうかお大事に……」

風真の言葉に、南方は、両方の眉尻を下げて八の字にすると、「年は取りたかないもんですな。身体はガタばかりですよ。まぁ、明日だけはなんとしてでも乗り切りますがね」

と、人懐こい笑顔をにんまりと浮かべた。

4

昨日の静けさが嘘のように、松島荘の大広間は人でごった返していた。

日本将棋協会の関係者、テレビや将棋雑誌などのマスコミ関係者、そして本日対局を行う二人の棋士の関係者。大広間に設置された大画面ディスプレイにも、対局室となる天恵の間に置かれた将棋盤と立会人席が、未だ無人のままで映し出されている。

時刻は午前八時三十分。十時からの対局を控え、中村三冠と山神七段の二人はすでに鶴の間、亀の間に入っていた。そのせいか、大広間の喧噪《けんそう》とは対照的な、一種の張り詰めた雰囲気が、天恵の間を映した画面から感じられた。

「あっ、風真さん！」慌ただしく人々が行き交う大広間で、アンナは風真に声を掛けた。

「おう。そっちは何か手掛かりはあったか」

「いえ、特には。怪しいようで怪しくないような、そんな感じです」

「同じだなー。まあそれはこっちもなんだが……」と、風真が微妙な表情で天恵の間のあるほうを向いた。

「おはようございます！」遠くから、アンナの姿を見つけたまる美が声を掛けてきた。

「アンナさん、今日もよろしくお願いしますね！」

「あっごめん、私まる美ちゃんと一緒にいるね」

「オーケー。引き続き中村三冠の動きも見ておいてくれ」

「らじゃ！」一瞬敬礼を返すと、アンナはまる美のもとへ飛んでいった。

女流名人であるまる美は、聞き手として豪将戦最終局に呼ばれていた。現役女子高生かつキュートな外見が求められているというのもあるが、実のところ、彼女は鋭い読みと的確なコメントでも定評があるのだという。

「福丸女流名人、ちょっといいですか」早速、まる美に一人の中年記者が取材を求めた。

「どうもどうも、『月刊王将』の和田島《わだじま》です。本日の対局、どんな展開になると思いますか？」

「はい」強引な質問にも、まる美はすぐよそ行きの笑みで、「二勝二敗で迎えた最終局、先手は追い上げる中村三冠です。大きな構想もお持ちのようなので、序盤は注目ですね」

「なるほど？」和田島と名乗った記者は、女子高生のまる美とは父娘《おやこ》ほど離れて見えた。それでも相手に敬意を表し、和田島は、あくまでも丁寧にコメントを取り続けていた。

「ありがとうございます」ひととおり、まる美のコメントを取り終えた和田島は、ノートを鞄にしまうと、少し砕《くだ》けた雰囲気で、「しかし楽しみですねえ、今日の対局。ほら、あっちに山神門下も来てます」と、大広間の端を見た。

「今別《いまべつ》三段ですね」すぐに答えたまる美の背後から、アンナたちも視線の先にいる男を見る。

スマホをいじる銀縁メガネの男。二十代前半の雰囲気だ。背は高いが身体つきは細い。

「応援に来られたんですね」

「でしょうね。何せ師匠の晴れ舞台ですから」しかし和田島は、声を潜めると、「でも彼、今日の対局、もしかすると心中ちょっと複雑かもしれませんねぇ」

「……と、いうと？」

「ままま、ここだけの話なんですが」和田島はちらりと上目遣いになると、「今別さん、この間お付き合いしている方と別れたらしいんですよ。正確には別れさせられたですかね。なんでも、山神七段に『四段昇段の邪魔になるから別れろ』って言われたらしくて」

「えー、そーなんですか」

「そうそう。だから今、ご傷心」和田島はニヤリと下卑《げび》た笑みを作ると、「大学の単位もヤバいとか。ほら彼、首都工大の機械工学専攻でしょ。エリートなんですよねぇ」

「へー、そーだったんですね」まる美が、流すような相槌を打った。「でも山神七段はお師匠さんですし、多少の厳しさも仕方ないと思ってるんじゃないですか」

「だったらいいんですけどね」含みのある言い方をすると、和田島は、「いやいや雑談が過ぎました。では私はこれで。また後ほど、コメントもらいにきますね」

「はい、わかりました」まる美は、丁寧なお辞儀を返した。

和田島が大広間に隣接したトイレに姿を消すのを見送ってから、まる美はアンナたちに、少し困ったような声色で言った。「……ちょっとウザいんですよね。悪い人じゃないんですけど」

「好きなんだね、噂話」

「ええ。特に山神七段に関する噂は」まる美は、和田島が去った先をじっと見つめながら、「でも仕方ないのかなぁ。和田島さんも、山神七段には複雑な思いがあるんだろうし……」

「……？　何かあったの？」

首を傾げたアンナに、まる美は言った。「和田島さんと山神七段、昔はライバルだったんですよ」

「えっ、そうなの？」

「ええ。和田島さんも昔、プロ棋士を目指していたんですよ。でも将棋の世界でプロになるためには、二十六歳までに四段に昇段しなきゃいけません。四段になれるのは、三十人以上いる三段の中から年に四人だけ。そのために三段リーグが設けられていて、かつて和田島さんと山神七段は、ここで競い合う間柄だったんです。でも、最終的にプロになれたのは山神七段だけ、和田島さんは四段になれないまま二十六歳になってしまいました」

「プロ棋士にはなれなかった。厳しい世界なんだね……」

「和田島さんはその後、観戦記者になりました。でも、もし山神七段がいなければ、プロ棋士になったのは自分だった……前にそうこぼしていました」

だとすれば、山神七段の弟子事情に詳しいのは当然かもしれない——アンナが得心したそのとき。

「間もなく山神七段が対局室に入られます！」大広間に誰かの声が響いた。

「おおっ、きたか！」トイレから戻ってきた和田島が、興奮した声とともに、資料と思《おぼ》しき紙の束をめくりながら、ディスプレイの前にどっかり陣取った。

時刻は九時五分。対局まで一時間を切っていた。

＊

「……なるほど、今のところ怪しいところはない、と」

「ええ」対局を前にやや不安げな塩谷に、風真は大広間のディスプレイを指差しながら説明する。「昨日から対局室を調べていますが、仕掛けなしです」

対局室が映し出されるディスプレイ。画面の右側では和装の男——漆黒の着流しを着た山神七段が胡坐を掻き、まだ何も乗せられていない将棋盤をじっと見つめている。

すでに対局室の奥には、記録係と、立会人である南方の姿があった。南方は山神七段とは逆、画面の左側で手を組み、やけに思いつめたような、苦い顔つきで瞑目《めいもく》している。弟子がタイトルを獲れるかどうかの大一番、公平な立場であるとはいえ、気合が入っているのだろう。

風真が続ける。「中村三冠にもこの一週間ほど、不正の兆候はなかったようで……だよな、アンナ」

「えっ、あっ、ハイ」大広間の茶菓子を摘まんでいたアンナは、慌てて頷いた。「今日までずっと見ていましたけど、カンニングしている素振りはなかったですね。強いて言えば、スマホを対局中も肌身離さず持っているのが気になりましたが」

「スマホですか」塩谷が、眉を上げた。「まあ、スマホが怪しいのであれば大丈夫でしょう。今対局は事前のボディチェックを厳重にやっていて、持ち込みできません」

「なら安心ですね」風真もまた頷くと、「無事に対局が終わってくれるといいですね」

「まったくです」

塩谷が首を摩りながら答えたまさにそのとき、ディスプレイに中村三冠が現れた。

いつもと同じスーツを着て、いつもと同じように緊張をほとんど感じさせない中村三冠は、いつもの口調で言った。『あれ、山神先生、今日は上座じゃないんですか』

しかし山神七段は、微動だにせず、『ああ。君のほうが格上だろう』

『いや別に。山神先生のほうが年上でしょ。これまでどおりそっちでいいですよ』

『そんなわけにはいかん。星の数もイーブンになった。そちらに座るのは君だ』

「……なんか、揉めてるな」風真が、ディスプレイに目を細める。「何してんだろ」

「どちらが上座かで譲り合ってるみたい」アンナは、即座に答えた。「でもこういうとき、どっちがどっちに座るんだろ？」

「それは基本、序列で決まりますね」不意に、アンナたちの会話にまる美が割り込んだ。

いつものゴスロリ衣装に、今日はピンク色のカラコンを入れたまる美は、風真とアンナの間に座ると、「序列上はタイトル保持者が上です。あとは段位順ですね」

「てことは、中村三冠が上座か」風真が顎を摩った。

「とはいえ明確な決まりじゃないので、後輩が先輩に上座を譲ることもよくありますよ」

だから中村三冠は、二十歳以上年長の山神七段に上座を勧めているというわけか。しかし山神七段はなぜ、急に上座を譲る気になったのだろう――。

「……あ、結局、上座に座ることにしたみたいですね」

ディスプレイの向こうで、中村三冠が将棋盤の左側に正座した。まる美は続けて、「南方先生が取りなしたみたいですね。でも、お二人が上座下座で揉めるのって結構珍しいかも。やっぱり緊張してるんだなー……っていうか南方先生、腰はもう大丈夫なのかな」

「あー、そういえばギックリ腰って言ってたっけね」風真が相槌を打つ。

「昨日より悪化してるらしいって聞きました」

「マジか。俺も経験者だけど、あれキツイんだよなぁ」

「えっそうなの」

「痛いというより、動けなくなるんだ」風真は顔を顰めると、「アンナ、お前にもいつかこの言葉の意味がわかる日がくるよ……」

そして――九時四十五分。

ディスプレイには、向かい合う二人の棋士が映し出されていた。

現豪将、中村勇気三冠は、スーツ姿で正座し、背筋もピンと伸びた姿勢と澄ました表情で盤上を見つめる。

相対する山神海彦七段は、漆黒の着流しで胡坐を掻き、右肘《みぎひじ》を膝の上に突いて顎に手を当てたまま、これから戦う八十一マスを睨みつける。

その緊張感に、多くの人々がごった返していた大広間のざわつきは、やがて唾を飲み込むのも憚られるほどの静寂へと収束していった。

双方微動だにしないまま、刻一刻と対局開始時間が迫る。

和田島がじっと、ディスプレイを見ながら固唾《かたず》を飲む。その斜め後ろで、今別三段もじっと師匠の様子を見つめている。

アンナと風真はディスプレイの正面で、まる美は解説者席で、じっとその時を待った。

そして永遠とも錯覚するほどの数分の後、ようやく、時刻は午前十時となった。

「時間になりました。対局を始めます」

立会人である南方の宣言により、豪将戦最終局の幕が、切って落とされた。

＊

「……先手、7六、歩」

午前一〇時。中村三冠が、ひと呼吸の間を置き、初手を指した。

カン、という駒を盤に置く音が響く。爽《さわ》やかだが鋭い、拍子木《ひょうしぎ》のような高い音だ。端正な表情のまま、中村三冠は淀みなく流れるように、歩を置いた。

将棋は、自陣の最前列である三列目に歩を横に並べた状態から始まる。このため、敵陣を攻撃するにはまず歩をひとつ進め、後ろの強い駒が前に出られるようにする必要がある。

一方、将棋は王将を取られたら負けが決まるシビアなゲームだ。王将の守りをしっかりと固める必要もあり、これには数手を割《さ》いて守備の陣形を作らなければならない。

攻撃の形と、守備の形。将棋というゲームの序盤は、この二つの形を組み上げるために双方数手を消費していくのがオーソドックスなスタイルとなる。

「……ということは、序盤の進め方はほとんど決まってるってことになる？」

以前、将棋の手ほどきを受けながら、アンナはまる美に問うた。

まる美は「そうですね」と頷くと、「将棋では『序盤の効率よい指し方』は研究されていまして、初手がこうなら、二手目はこう、それを受けて三手目は……という流れはほぼ確立しています。定跡というんですけれど、初手は大体二つで、飛車先の歩を突く2六歩か、角道を開ける7六歩が多いですね」

「それ以外の初手もある？」

「あるにはありますけど、その後の展開で遅れを取るので、あまり採用されないですね。

プロの対局でも、先の二手が初手の九〇％以上なんてデータがあります」

「へー」

「で、アンナさんの二手目の３四歩、これ私びっくりしたんですけれど、まさに定跡だったんですよね」まる美は、先刻の対局をポケット将棋盤で再現しながら、「相手が角道を開けたら、こちらも開ける。３四歩は二手目の定跡のひとつなんですよ。……確認なんですけれど、これってアンナさんが考えて導いた手なんですよね？」

「うん。８四歩っていうのも考えたけど……」アンナは小さく頷いた。盤上没入し駒の可能性を突き詰めたら、これがもっとも有利になると思えたのだ。

「だったらアンナさん、絶対才能ありますよ！」と、まる美が少し興奮しながら言った。

「将棋、もっと続けてみませんか？」

「ありがとう。考えとくね」褒められるのはお世辞でも嬉しいものだ。礼を述べながら、それでもアンナは、自分に才能はないと感じていた。

将棋は先を読む力だけでは勝てない。まる美に将棋を教わりながら痛感したからだ。

何しろ、七回ほど指したまる美との対局は、すべてアンナの惨敗だった。アンナの盤上没入による読みは冴えていたと思う。だが、それでは勝てなかった。まる美の指し手のように、一見して不利な手を数十手先に大きく生かす、ということができなかったからだ。

将棋指してってスゴイ――アンナは素直にそう思ったのだった。

――一〇時〇二分二〇秒。

初っぱなから持ち時間を二分十五秒も消費した山神七段が、二手目をバチン、と指した。

割れんばかりの、強烈な駒音。力の籠《こも》った一手が、鋭い眼光とともに、盤上にめり込む。

「後手、8四、歩」記録係が二手目を読み上げる。

8四歩は、7六歩に対してアンナも想定した手のひとつだ。

「居飛車で攻める構想でしょうか」まる美が、大盤の駒を動かす。

「そうだね。でも山神七段にしては珍しいかなぁ」解説者としてまる美とともに大盤を見つめる年配のプロ棋士が、続けて言った。「彼、振り飛車党だと思っていたんだけど。奇襲戦法かな？」

居飛車と振り飛車。将棋には、大きく二つの戦法がある。そうまる美から聞いたのを、アンナは思い出す。居飛車とは飛車を横に動かさずに攻め込む戦法、振り飛車とは飛車を左に寄せてから攻め込む戦法だ。

解説者が述べているのは、つまり山神七段が自分の得意としない戦法を採用した、ということだ。一見して不利にも思えるが、中村三冠が「山神七段は得意戦法でくる」と予想して準備をしてきたとすれば、その裏を掻くことができる。それでなくとも不利だと言われている後手から巻き返す戦法としては、あり得ない手ではない。

しかし中村三冠は、涼しげな表情は一切変えないまま、即座に次の手を指した。

「先手、1六、歩」

「穴熊《あなぐま》を意識しての一手だね。読んでたのかな？」記録係の読み上げに、解説者は言った。「思いどおりには陣形を組ませないと。これは、序盤からつっつきあいになりそうだなぁ」

解説者の言葉どおり、午前中は牽制《けんせい》しあうような展開が続いた。

「あんまり動きがないな」風真が、アンナの耳元で囁いた。「でも、一触即発って感じがするな」

「そうですね」アンナも同意の頷きを返した。

お互いが、お互いを探るような手を指している。目の前にある局面への盤上没入を行いながら、アンナはそんな意思を、双方の対局者から感じ取っていた。

ただ意外なのは、中村三冠が見た目のクールさに反して挑発的な手を指し、野性味溢れる山神七段が、むしろ堅実で機械的な将棋を指しているように感じられることだった。将棋は見た目とは無関係だ、ということなのだろうか。

やがて、盤面が複雑さを増してきたころ、昼食の時刻となった。

山神七段は力うどんを注文した。豪将戦を通じて、山神七段はこのメニューを注文しているのだという。ゲン担ぎだろうか。一方の中村三冠は、いつもどおり水を少し飲むだけで食事は摂《と》らなかった。忙しなく動きながらうどんを啜り込む山神七段と、終始正座したまま表情を変えないサイボーグ、中村三冠。二人は今日も対照的な存在だ。

そして、両対局者とそれを観戦するアンナたちも、画面から目を離せないまま、菓子パンによる昼食を終えた午後一時——盤面がにわかに動き出した。

＊

「後手、5五、角」

三十四手目。山神七段が、角行を盤面のど真ん中に進めた。

「おお、遂に攻めが来たよ!? 準備万端、さあ行くぞってところかな」

解説者の言葉を、まる美がすぐに受けた。「飛車を利かせる構想でしょうか」

「どうだろうね。両翼から攻めることもできるし、攻め筋は相手次第ってところでしょ。

でも、だとするとここは中村三冠、考えどころだぞ」

しかし中村三冠は、片方の眉を少しだけ上げると、数秒で次の手を指した。

「あらら、すぐ指したね。予想してたのかな？」拍子抜けしたように、解説者が言った。

ディスプレイの向こうで、山神七段がピタリと動きを止める。

浅黒くかさついた肌に深い皺を寄せた、苦悶の表情が浮かんでいる。満を持して攻め入ろうとした一手が、予想されていたとわかったことに対する苦しみだろうか。

一方の中村三冠は、背筋をピンと伸ばしたまま、微動だにしない。

まる美が、ディスプレイを食い入るように見つめながら、無意識に手を動かし呟く。

「難しい……角は自殺行為……銀で止めて……むしろ引く？　でも持ち駒がない……」

まる美も悩む局面であることは、アンナにもよくわかった。にわかな盤上没入では、その場の最善手はわかっても、数十手先の局面までは読みようがない。

ここから先は、まさしくプロの領域だ——アンナは、無意識にごくりと唾を飲み込んだ。

そこからも難解な指し回しが続き、もはや解説者にすら、盤上の優劣の判断がつきがたくなっていった。

そして、時間を消費しながらも緊迫した戦いが続き、日も沈みかけた、午後六時——。

『すまん、便所だ』

八十六手目を指した直後、山神七段が、突然そう言って立ち上がった。

ディスプレイの向こうで、険しい表情を浮かべ対局室から出ていった山神七段の姿は、三十秒ほどで大広間に現れた。対局室にはトイレがなく、用を足そうと思えば、大広間横のトイレに来なければならない。

「そういえば、部屋付きのトイレがないんだな。高級宿なのに」

「高級宿だからだよ」風真の呟きに、栗田が答えた。「安易に構造やしきたりは変えない。『古き良き』にこそこだわる。それが歴史ってもんだ」

「でも、風呂《ふろ》トイレくらいつけりゃいいのに。不便でしょ」

「バカタレ！　それじゃ趣きがないだろが！」

わかってねぇなあお前は、と栗田は鼻で笑った。

そんな雑談の間に、山神七段がトイレから出てくる。先刻よりも心なしか表情に凄みを増した山神七段は、前傾姿勢のまま、静かに対局室へと戻っていった。

すでに、解説者とまる美のコメント、そして最近の対局で導入されているというＡＩによる分析だけが、盤面の形勢を判断するよりどころとなっていた。

解説者いわく、「山神七段の的確な差し回しがやや中村三冠を上回っている」

まる美いわく、「中村三冠の攻めは独創的で、最後の最後で抑え込みそう」

そしてＡＩの形勢分析も、ほぼ50《フィフティ》：50《フィフティ》のポイント。

まったく予断を許さないまま、戦いは終盤へと入っていった。

＊

午後七時——。

すでに、山神七段の長考は一時間になろうとしていた。

豪将戦は持ち時間が一人五時間だ。対局が始まりすでに九時間、残り時間は中村三冠が二時間、山神七段があと三十分と、山神七段の消費が大きい。持ち時間がなくなれば、あとは一分将棋——一分以内に次の手を指さないと負け——を強いられる。まさに山神七段の正念場だ。

中村三冠が八十七手目を指した直後の盤上は、混迷を極めていた。

とはいえアンナは、ここはあまり考えるところではないと感じていた。一旦《いったん》攻め込んでいた角——今は成って馬だが——を再び５五に戻せば、盤全体に睨みが利き、王の逃げ道を塞《ふさ》ぐこともできるように思えたからだ。解説者も「うーん、５五馬は揺るぎないと思うんだけど……何かほかの手があるのかな」と、少し戸惑っているようだった。

しかし、それでもなお山神七段はここで長考した。それは、ある意味では不自然なまでの長考のようにも感じられた。

やがて、不意に山神七段の手が動く。

残り時間は三十分を切っている。さあ指すか、と思われたが――。

『タバコ、吸ってもいいか』

と、指をV字にして、中村三冠に訊いた。

中村三冠が、『別に。どうぞ?』と答えたのを受けて、すぐに誰かがタバコとライター、そして馬鹿《ばか》でかいガラスの灰皿を山神七段の傍に置いた。

『……ピースかよ、わかってるな』

にやりと笑みを作ると、山神七段は前屈《まえかが》みの姿勢のまま、小さな箱から一本を取り出し、震える手で火をつけると、煙を吸い込み――吐いた。

幾度か、その動作を繰り返した後、山神七段はタバコを灰皿に押し付けると、ゆったりと動かしていた身体をぴたりと止め、瞑目した。

その瞬間、対局室の時間が止まったような気がした。

両対局者だけではない、立会人である南方も、記録係も、誰もが微動だにせず、まるでムービーで一時停止を掛けたように、動きを止めたからだ。

ただひとつ、タバコの煙だけが、時間の経過を示していた。対局室に漂っていた白煙が、少しずつ色を失う。画面越しにも残り香を感じさせるそれが完全に消えたとき、ようやく、山神七段は目を開けると、小さく言った。

『……よし』そして、おもむろに次の手を指した。

——9三、銀。

それは、アンナが見る限り、自殺行為のような一手だった。

＊

大広間に、地響きのようなどよめきが起こった。

「おおっ！」対局が始まってからずっと、アンナたちの傍で無言のままディスプレイとスマホを交互に見ていた今別三段が、初めて唸るような声を出した。

彼だけでなく和田島も、またその場にいた棋士たちも皆、中腰で身を乗り出している。ディスプレイの向こうでも、記録係が盤面を二度見していた。南方も目をまん丸に見開いていた。クールな中村三冠でさえも、摑んだグラスを取り落とし、水をズボンに零していた。

意外な一手。誰もがそう感じ、驚愕していたのだ。

「9三、銀⁉」解説者が、声を裏返らせた。「え、えーと……待って、銀？　考えてもいなかったな、これ、アリなのか」

「いや、えーと」まる美も、慌てたように、「ここで銀を引いたら、王が逃げられなくなりますよね……かといってここぞと攻める手でもないような……」

「だ、だよね？　桂馬《けいま》が睨んでるところにわざわざ飛び込むってのも……ちょっと理解が……検討してなかったけど、これって……難しい、いい手だよね？」

難しい。そのニュアンスは、このまま勝つのは難しい――つまり「悪手」ということだ。

実際、この一手で、AIの形勢分析は三冠85：七段15まで、一気に開いた。

「龍で寄せて、持ち駒の金と銀でこう……三冠の即詰みもあるかもね」

「どうでしょうね。印象ほど綺麗な感じじゃないですが」

「だとしてももう揺るぎない感じにいやぁ山神七段、そう出るのか……ちょっとなぁ……これはなぁ……」

勝敗はもうこれで決したか。解説者の言葉を待たず、はぁーという溜息にも似た感嘆が、大広間にも広がった。

一方、ディスプレイの向こうでは、いまだに二人の棋士が、空間が歪んで見えるほどに緊迫した雰囲気の中で思考をぶつけていた。

そして、十分後――。

中村三冠が放つ一手で、空気がまた一変した。

「先手、ど……同桂、不成《ならず》！」

「ええっ、桂馬⁉」記録係が動揺を隠しきれない口調で読み上げた手に、再び解説者が素っ頓狂な声を上げた。「ちょ、ちょっと待て、なんだそれ⁉」

再び、地鳴りのようなどよめきが大広間に満ちる。

「同桂？　しかも不成？　それってあり……なのか⁉」解説者もまた、困惑と興奮が綯《な》い交《ま》ぜになった口ぶりで繰り返す。「待って、どういうこと？　三冠どうしちゃったの？」

しかし、ディスプレイの向こうにあるのは、相変わらず静かに相対する二人――クールな中村三冠と、苦悶の中にも今や薄い笑みを浮かべる山神七段のみだ。お互いの表情の意味、そして内心は、もちろん誰にもわからないが――。

「や……山神七段の手で、ペースを崩されたのでしょうか」まる美も、声を上ずらせながら、「ちょっと、なんというか……私にはもう理解できない手です」

「だ、だよねえ。これ、どうなっちゃうんだろう？　ＡＩは何て言ってる？　……えっ、50：50《イーブン》に戻った？　なんだろこれ、もうわっかんねーな！」解説者はもはや、やや投げやり気味に笑いながら、頭に手を当てていた。

風真も、困惑げに呟いた。「……なんか俺、今、とんでもないものを見たのかな」

「………」アンナは返事をしなかった。その代わり、今しがたの二つの手を、頭の中で今一度、再現した。

――八十八手目。後手山神七段の、９三銀。

――八十九手目。先手中村三冠の、同桂不成。

この二つの手には、何らかの大きな意味があるように思える。けれど、その意味が何なのか、アンナにはもはや、いくら考えても理解ができない。

ただ、ひとつだけはっきりと言えることがあった。

この二つの手が指されたことによって、将棋の流れが大きく変わったということだ。

実際、九十手目から先は、双方さしたる長考を挟むことなく、まるであらかじめ予定されていたものでもあるかのようにすんなりと、終局へと向かっていったのだ。

「これは……こんな形容をするのはいささか問題があるかもしれませんが、二人とも何かに導かれているような手を指している気がしますね……」解説者も、半《なか》ば呆れたように呟いていた。

そして、山神七段が持ち時間を使い果たし、一分将棋となって間もなくの、午後十時。アンナが――いや、アンナだけではなく、風真や、栗田や、塩谷や、今別三段や和田島も、終日大広間から離れることなく、見守り続けていた対局が、唐突に終わりを告げた。

『……まいりました』

王の逃げ道となるべき隙間《すきま》をと金で塞がれたところで、挑戦者、山神七段は、百三十二手目を指すことなく頭を下げた。

山神七段、投了――ここに、豪将戦の勝負が決した。

＊

大広間に控えていたマスコミ各社の記者たちが、感想戦の様子を写真に撮り、またはインタビューをするため、一斉に対局室へと向かっていった。

感想戦とは、対局の後に、それぞれの棋士の立場から「あのときこう指したらどうなっていたか」を検討しあうことだ。「勝敗はさておき、より対局を実りあるものとしようという棋士の前向きな心の表れなんです」とは、まる美の弁だ。

対局中、ずっと大広間にいた和田島も機敏な動きで立ち上がり、遅れを取るまいと駆け出す。彼らの動きにつられるように、アンナたちも対局室へと向かった。

だが、対局室に着いたときには、すでに中村三冠も、山神七段もいなかった。

そこには、南方と記録係、そして投了時のまま盤だけが残されていた。

「なんだよ、二人とももういないのか」記者の誰かが、残念そうに言った。

「どこにいるんだ？　えっ、鶴の間と亀の間に引っ込んだ？」

「てことはまだこの建物にはいるんだな」

「うーん、じゃあ待ち構えてコメントのひとつでも取るか」

やや殺気立った雰囲気の中、関係者たちが対局室で言葉を交わす。

しかし立会人の南方は、殺到するマスコミ関係者を制すると、「二人とも対局直後で疲れています。皆さんには一旦大広間に戻っていただいて、取材やインタビューはそれからでお願いできませんか」

「あー、うーん、そうですかー」シカオさんが言うならしゃーない、一旦戻るか――と、記者たちがぞろぞろと大広間に引き上げていく。南方は、キャラクター的に、こういう場面での収拾に長《た》けているようだ。

「ど、どうする？」ぞろぞろと戻っていく記者たちを見ながら、あわあわと風真が訊いた。

「どうするって言われても……」アンナにもわからない。そもそも将棋関係者ではないので、自分の立ち位置からして不明なのだ。

そんなアンナたちの背後から、塩谷が話しかけた。「今日は長時間ごくろうさまです」

「あっ塩谷さん、助かった。どちらにいらしたんですか？」

「事務局のほうにいました。それより、豪将戦が無事に終わってほっとしましたよ。本当にありがとうございます」塩谷は、深々と頭を下げると、「……で、どうでしたか、カンニング《アレ》の件は」

風真は、一瞬アンナと視線を合わせると、「私としては、中村三冠に怪しいところはなかったような。アンナは？」

「私も……」特に何も、と言おうとして、しかし少し引っ掛かりを覚えた。確かに中村三冠に妙な素振りはなかった。だが、上手《うま》く説明できない違和感も、どこかにある。例えば、あの十分間だ。あの時間だけ、対局している二人の間には、やけに異様な雰囲気が流れていたような気がする。だが——。

「たぶん、何も」と、結局アンナは、首を横に振った。

違和感も、その正体がわからなければ、何も言うことはできない。

「何もなければ、それに越したことはありません」塩谷は、満面の笑みを浮かべて、「やっぱり噂は噂だったんですかね。どっちにしろ、本当によかったですよ！」

「そうですねー」風真が、気の抜けたような笑いを返した。

いや、風真は気づいていないのだろうか？　この何とも言えない違和感に――。

「……ねえ、風真さん」だから、塩谷が去った後、アンナはこっそりと訊いた。「本当に、噂は噂ってことで、よかったのかな」

「さあね」風真は、小さく肩を竦めると、「けれど、何も発見できなかったのに、これ以上水は差せない。俺たちの職分を超えるよ」

「まあ、そうなんだけど」アンナが珍しく、それ以上何も言えずに一歩下がった瞬間――。

「……あっ！」

アンナは、あることに気づいた。

いまだそこにあるはずのそれが――なくなっていたのだ。

対局室に残された将棋盤、投了時そのままの盤上にあるはずの、山神七段の「王将《それ》」が。

＊

「なんか、遅くね？」

一旦は大広間に戻った記者たちが、十時二十分を過ぎたころから、少し焦れてきた。

南方と記録係も、すでに大広間に戻っている。控室から出てくるタイミングは当事者に委《ゆだ》ね邪魔をしないという配慮だろうか。しかし、そうなると大広間から向こうには対局者である中村三冠と山神七段しかいないことになり、その様子は誰にもわからない。

「いつになったら出てきてくれるのかねー」

「それだったら、ついさっき中村三冠が出てくるのを見たぞ」

「えっ？　でもこっち来てないだろ……」

「ああ、亀の間に入ってった」

「山神七段と何か話したのか？　なんだよ、張り付いておけばよかったな」

「そうだな。でもすぐ出てきちゃったし……二人で出てくるタイミングを計ってるんじゃないかな」

などと口々に、記者たちは憶測を述べた。

だがその直後、いつの間にか鶴の間を出ていた中村三冠が、ひょっこり大広間に現れた。「すみません、遅くなりました」

飄然《ひょうぜん》と、とても今しがた防衛に成功した王者とは思えないほどいつもどおりの中村三冠を、記者たちがあっという間に囲み、フラッシュの光まみれにする。

「中村三冠、防衛に成功した今のご感想を！」

「いや別に、いつもどおりでしたけど」

「山神七段の差し回しはいかがでしたか？」

「うーん、緻密《ちみつ》でしたね。正直、いい意味で裏切られました」

「四冠獲得に向けての意気込みをひとつ！」

「意気込みも別に……タイトルって、結果としてついてくるだけなんで」

相変わらずのすげない対応。しかし記者たちは、待ってましたとばかりにさまざまな質問を矢継ぎ早に投げた。その中には、和田島の姿もあった。

「負けた山神七段に何か一言！」

随分意地悪な質問だなあ、とアンナは思った。やっぱり和田島は、山神七段を快《こころよ》く思っていないのかな。

しかし、中村三冠は「特には」とごくあっさりと応じると、付け加えるように言った。

「まあ、棋士として尊敬しています、とだけ」

——大広間が中村三冠へのインタビューで賑わう中、一方の山神七段は、亀の間からなかなか出てこようとはしない。

敗者が、勝者のインタビュー中に顔を出すのも無粋《ぶすい》な話だ。だがそれにしても、亀の間の気配はやけにシンとしていて、不気味ですらある。

やがて、皆が少しずつ訝り始めるに至り、ようやく塩谷が切り出した。

「ちょっと、先生の様子を見てきましょうか」

主催者サイドの責任者でもある彼は、それが自分の役目だと考えたのだろう。誰よりも素早く亀の間に行くと、入り口の襖を開けようとする。しかし——。

「あれ……？　開かない……？」塩谷は、不思議そうに首を傾げた。

「どうしたんですか」異変を察知した栗田が、風真とアンナとともに塩谷に声を掛けた。

「いえね、開かないんですよ。なんででしょうね」

「鍵《かぎ》ですか？」

「いえ、襖ですから鍵なんかないはずなんですが……」何度も引くが、襖は何かが邪魔をして開かないようだった。

「もしかしたら、戸袋のところに、何かが引っ掛かっているのかもしれませんね」そう言うと風真は、前に出ると、襖の枠を両手で摘まむと、ゆっくり持ち上げた。

襖はしばらくの間がたがたと音を立てていたが、やがて溝から外れ、同時に何かがごろんと転がり出た。

「あー、着物ハンガーが引っ掛かってたのか」しかし直後、風真は叫んだ。「なんだこれ、血がべったりついてるぞ⁉」

「み、皆さん……あれは！」

塩谷が、わなわなと唇を震わせながら、亀の間の中を指差した。

その光景に、栗田も、風真も、そしてアンナも、思わず息を飲んだ。

――時刻は午後十時三十分。場所は松島荘、亀の間の中央。

そこに、腹から血を流し絶命する、山神七段の姿があった。

5

「ハイハイハイ、我々が来ましたよ！」

パンパンパンパン、と手を叩きながら、松島荘に神奈川県警の刑事であるタカこと千曲《ちくま》鷹弘《たかひろ》と、ユージこと四万十《しまんと》勇次《ゆうじ》が大広間に臨場したのは、通報から間もなくの午後十時五十分のことだった。

大広間からマスコミや将棋関係者たちは一旦、宿の別室に退去していた。警察の捜査に混乱をきたさないための措置だ。

タカは、大広間に入るとすぐ、黒いサングラスをスタイリッシュに外しながら言った。

「ここからは警察が仕切りますのでよろしく。しかしまあ、うち管内の名門宿、しかも将棋の名勝負後に、まさか殺人事件が起こるとはねぇ」

「まったくです」風真が大きく頷く。

「腹に大きな刺し傷。しかし凶器は見当たらないときた」とユージ。

「ええ、なかなかの難事件のようです」

「だな。しかし我々がきたからにはもう安心。皆さんには捜査の行く末を見守ってもらえればいい。そう、君たちネメシスにももう出番はない……って、なんでお前らがここに⁉」

まるでコントのように二度見して驚くタカに、風真は「ははは」と笑うと、「たまたまですよ。色々あってこの対局に立ち会っていただけです」

「立ち会った……？　対局に……？　つっても殺人現場だぞ……？　なんで……あっ、まさかアレか！　私立探偵が月イチか週イチで殺人事件に遭遇するマンガ的な！」

「いやいや本当に偶然ですって。別件で呼ばれてただけで」

「別件って何だ、詳しく教えろ」

「あー、例の件、伝えてもいいですか？」詰め寄るタカに、風真は塩谷の承諾を得てから、「実は、この対局にカンニング疑惑がありましてね。それを調べてたんですよ」

「そうなのか？　じゃあ、お前らはこの殺人事件とは関係ないと」

「ええ、たぶん」風真は、頷きつつも、訝し気に少し目を細める。

アンナにも、その表情の意味はなんとなく理解できた。

中村三冠のカンニング疑惑と、山神七段殺人事件。ひとつの将棋盤を挟んで存在するこの二つの事柄が、相互にまったく関係ないと、言い切れるだろうか？

「…………」当初、風真を疎《うと》ましそうに見ていたタカとユージだったが、ややあってから、「まあいーや。くれぐれも邪魔すんなよ。ここは俺たち警察の領分だからな？　なあ、ユージ」

「そうそうここはまさしく俺らの縄張り《テリトリー》」とユージは大袈裟な仕草とともに相槌を打ちつつ、「とはいえ……お前らにはちょっとばかり世話にもなっているし、一応俺たちとしてもだな、お前らの考えを聞いたうえで、何というか、そのー」

「協力してほしい、ということですか」

「そこまでじゃねーよ」ユージは、誤魔化すように顎を上げると、「ただ、事件は共有するから、お前らの知識も差し出せってことだ」

「協力してほしいってことじゃん。アンナは苦笑した。

「というわけだから、とりあえずお前らも来い」と、タカは命令口調でそう言うと、現場となった亀の間へと、ネメシスの三人を引っ張っていった。

亀の間には、すでに何人もの鑑識官が入り手際よく作業をしていた。

「お前らは入り口から覗いとけ」タカはそう命ずると、鑑識官の間を縫うようにして、山神七段の遺体を調べに向かっていった。

幸いなことに、入り口からでも山神七段の遺体はよく見えた。

漆黒の着流し姿で、座椅子にもたれかかるようにして仰向けに倒れている。前は少しはだけ、垣間見《かいまみ》える腹の辺りに刺し傷があるのか、あふれ出した血液が、着流しを濡《ぬ》らし、青々とした畳も朱に染めている。

生々しい現場だ。少なくともこれが何らかの事故であるようには、思えない――。

「ん？　あの布は何だろ」アンナはふと気づき、指差した。黒い着流しと対照的な白い布――とはいっても、すでに血塗《ちまみ》れで真っ赤だが――が、山神七段の傍に落ちていた。

「大き目の手拭《てぬぐ》いだな」風真が答えた。「随分血を吸ってるな……。あれで傷口を押さえたのかもしれないな」

一瞬、フラッシュの光がアンナの眼前で焚《た》かれ、思わず目を細める。

見れば、鑑識官が襖を押さえていた着物ハンガーを床に置き、写真を撮っていた。

「風真さん、さっきはあれが挟まってて襖が開かなかったんですよね」

「ああ。あそこにあったんだよ」アンナの問いに、風真は、入り口の戸袋を指差した。

「部屋の中からは襖が見えるから、半戸袋っていうのかな。襖を閉めた状態で、着物ハンガーを斜めに立て掛け、つっかい棒にしてたんだな」

「そーなんだ……」アンナは、少し思案すると、壁際で係員と話をしていたユージに声を掛ける。「ねーねーユージさん、ちょっといいです？」

「なんだよ、うるさいな」ユージは、うっとうしそうに答える。「忙しいんだよ。さっきタカも邪魔するなって言ってただろ」

「あー、邪魔はしないですよ。でもちょっとだけ教えてほしいんですよね」

「……しょーがねーな。手短に言え」

「あそこの鍵、どういう状態ですか？」アンナは、窓を指差す。

「窓の鍵か？　そりゃあ決まってる。あー……」ユージは手近な鑑識官を手招きすると、「お前あれどうなってたか知ってるか？」などとこっそり聞いて、「もちろん掛かってた」

「どんな鍵ですか」

「どんなって、おめー……」また、こそこそ鑑識官から聞き出すと、「クレセント錠だよ。かなり頑丈なやつだ」

「なるほど」頷きつつ、アンナは風真に言った。「クレセント錠は外から開けられない。着物ハンガーも外からは立て掛けられない。他にこの部屋に入る方法はない。つまり……」

「密室！」風真が、険しい顔で呟いた。「密室殺人か。なんかきな臭くなってきたな……」

そのとき、別の鑑識官が素早く亀の間に入ってくると、タカに言った。

「凶器と思われるナイフが見つかりました！」

「なに！　どこにあった！」

「大広間前にあるトイレです」

「トイレ⁉　間違いないのか！」

「はい。床の端に捨てられていたそうです。刃渡り十センチもない小さなナイフですが、大量の血がこびりついていました」

「大量の血か……」あえて鑑定するまでもなさそうだな、とタカは呟いた。

鑑識官はそれから、ありがたいことに、ナイフを含む遺留品の情報についてアンナたちにも聞こえる大声で報告を続けた。

いわく、ナイフは備品の梱包《こんぽう》を解くため、従業員がトイレの備品置き場に置いておいたものであること。いわく、午後八時ごろ、従業員がトイレに行った際に、いつもの場所にないので不審がっていたこと。いわく、遺体の傍にある手拭いも同様に、お手拭《てふ》き用としてトイレで使われるものであり、正午に取り換えたものであるとのこと。

「備品置き場には、誰でも入れるのか」

「はい。鍵などは掛けていないそうです」

「なるほど……」タカは、顎を摩りながら考え込む。

トイレの、誰でも入れる用具置き場——誰かがそこにナイフを取りに行き、山神七段を刺し殺すと、またトイレに戻ってナイフを捨てた、ということなのだろうか。

考え込むアンナに、風真がふと疑問を口にした。「刃渡り十センチっていったら、せいぜい肥後守《ひごのかみ》くらいの大きさだよな。それで致命傷になるかねぇ」

「確かに……刺しどころが悪かったのかな」

「あーそれな」アンナの呟きに、ユージが答えた。「さっき聞いたんだが、被害者、癌《がん》だったらしいぞ」

「……癌?」風真が、眉を顰めた。

「ああ。末期のすい臓癌で、余命一ヵ月だったそうだ。将棋協会の南方、とかいう理事が言ってた」ユージは、山神七段の遺体を憐《あわ》れむように目を細めながら、「被害者がずっと隠してたせいで、誰も知らなかったらしい。南方もつい一週間前に本人から聞いて知ったそうだ」

「そうだったんですか……」

末期癌だったとは――改めて、山神七段の遺体を見る。

ゆったりとした着流しに隠されて気づかなかったが、確かに、頬や顎も随分と痩《や》せこけ、眼窩も病的に落ち窪んでいる。手首も足首も、皮ばかりで、まるで枯れ木のようだ。対局中のあの気迫からは、まったく気づきもしなかった。山神七段が、まさか重病人だったとは。

だがふと、アンナは気づく。山神七段の死に顔、その口角が僅《わず》かに上がっている。

もしかして――笑ってる？

「ただでさえ弱っているところに、腹を刺されて失血。さすがに耐えられなかったんだろうなぁ」気の毒になぁ、とユージは独《ひと》り言《ごと》のように呟いた。

刃物は小さく、普通なら致命傷とはならないだろう。

それでも失血すれば病気で衰弱した身体では耐えられなかった。ましてや、長く苦しい対局の直後で、そんなことになれば――。

癌に冒され、勝負に負け、その上刺し殺される。

踏んだり蹴ったりだ。なんだか山神七段のことが酷くかわいそうになったアンナは、血を流し、いまだ仰向けに倒れたままの遺体から、そっと視線を外した。

＊

「亀の間で殺人があったのなら、すなわち亀の間に入った奴が犯人だということになる」

大広間に戻ってくるなり、ユージは開口一番アンナたちに言った。「自明の理というやつだ。なぜなら、亀の間にいなかった奴に、亀の間の人間は殺せないからだ」

ユージは、自信満々に胸を張る。

「なんか当たり前のことを、仰々しく言ってるだけのような気がするな……」

「ぷっ、確かに」

「そこ！　何笑ってんだ」

「あ、いえ何も」風真の呟きに思わずぷっと吹き出したアンナは、素知らぬ顔で横を向いた。「先をどうぞどうぞ」

「……チッ」小さな舌打ちをひとつ挟みつつも、ユージは気を取り直すと、「それでだ、今の短い時間に、我々優秀な警察官は、この場にいた関係者の動きを洗い出し整理してみた。……タカ」と、横にいたタカに手を差し出した。

「……えっ？」タカが、驚いたように目を瞬きつつ、「な、なんだよ」

「だから、よこせって！」と、ユージは苛立ちを眉間の皺で表現しつつ、手のひらを上にしてぐっと突き出した。

タカがその手のひらの上に、拳を乗せた。

「『お手』じゃねーよバカ！　書類よこせっつってんだよ！」

「言わなきゃわかんねーよ！」タカが、慌てて書類を取りに行った。

「なんか、出来の悪い漫才見てるみたいだな……」

「ほんとそれ」呆れる風真に、アンナは同意を返した。

このデコボコ刑事コンビとは腐れ縁だ。居丈高《いたけだか》ではあるが、なんだかんだ、ネメシスのことを理解してくれてもいる。この二人でなければ、そもそも現場から退去させられているることだろう。そういう意味で、悪い人たちではないのだけど――。

「ほれよ！」

「よしよし。『この始末書を書き上げれば、なんとか今年のボーナスも確保』ってバカ！

この書類じゃねえ！」

――どうにもアホなんだよなあ。アンナは苦笑を禁じ得なかった。

すったもんだのやり取りの末、ようやく目的の書類を手にすると、ユージは咳払いを挟み、「気を取り直して」と説明を始めた。

「対局が終わってからの、関係者全員の行動履歴を洗い出してみた。ほとんどはずっと大広間にいたり、終始誰かと話をしたりと、亀の間には行っていない。お前らも含めてな」

塩谷が証明してくれてるぞ、よかったな――そう言いつつも、ユージは不意に真顔になると、「しかし、そうじゃない者も僅かながらいた」

「つまり、亀の間に行った可能性がある人間ってことですね」

「ああ。平たく言えば容疑者だな。具体的には三人いる」風真の言葉に、ユージは大きく首を縦に振ると、「今別文人《ふみひと》、和田島和則《かずのり》、そして中村勇気だ」

ユージ、いわく――。

今別文人三段――彼は、対局後に誰からも目撃証言が取れなかった。つまり、どこにいたかが明確になっておらず、亀の間に行った可能性がある。しかも、四段昇段の邪魔になるという理由で山神七段に恋人との破局を強いられたことがあり、動機も認められる。

和田島和則記者――彼も同様に、対局後にその足取りを知る者はいなかった。彼もまた、奨励会時代に山神七段とのライバル関係があったことは周知の事実であり、当時の借りを今返したのかもしれない、などと言う者もいた。動機があるのだ。

「それにしても、この短時間でよく調べましたね」

「まーな」風真の言葉に、ユージは得意げに顎を上げると、「俺たちが本気出せば、このくらい朝飯前だ」

「すごいですねー」アンナは、棒読みで褒めつつ、「で、中村三冠はどうなんです」

「中村勇気か？　明白中の明白だ」ユージは、アンナを馬鹿にするように鼻からフンと息を吐くと、「中村勇気は対局後、数分ほど亀の間にいた。皆がそう言ってるのを、お前らは聞いてなかったのか？」

「もちろん聞いてましたけど。じゃあ、最も怪しいってこと？」

「うーん……怪しいには怪しいんだが、正直わからん」ユージは疑わしげに首を傾げた。

「カンニングしたのは被害者かもしれんが、勝ったのは中村勇気なんだ。殺す理由を欠くだろ」

「あ……」逆だ。勘違いしてる――アンナは思わず、風真と目を見合わせた。

ユージは、カンニング疑惑が山神七段にあったと誤解しているのだ。さっき、カンニング疑惑があるとしか言わなかったせいだな――。

「どうかしたか？」

「いえ別に何も」アンナは素知らぬ顔で、ユージから目線を外しながら考える。

ユージの勘違いはさておき、実際に山神七段が、中村三冠のカンニング疑惑を知ったら、どうなるだろう。

当然、負けた山神七段は、中村三冠を咎め、批判する。もしかすると「この事実を明るみに出す」とまで言い出したかもしれない。余命いくばくもない山神七段にとっては、これが最後のチャンスだからだ。

ただ、そうなれば、中村三冠がどんな行動に出るかも大体の予想がつく。口封じだ。金による解決を提案したか、もしくは物理的な手段に訴えるか——。

いずれにせよ、中村三冠にも殺害の動機はあるのだ。

「ま、ともかくだな」ユージは、楽観的な口ぶりで続けた。「なんにせよ、亀の間には手拭い、ハンガーといった遺留品がしっかりと残されているし、凶器のナイフもあるんだ。指紋のひとつでも出れば、そいつを締め上げればいいだけだろ」

「そんな簡単に行くかなぁ」苦笑いを浮かべた風真に、アンナも、同意の頷きを返した。

風真とアンナの懸念は、すぐに現実のものになった。

十分後、浮かない顔をした鑑識官が、泣きそうな声でタカとユージに報告したのだ。

「指紋……出ませんでしたぁ」

6

「なーにぃ？」なー、で顔を背け、にぃ、でこちらを向いたタカは、鬼瓦《おにがわら》のように顔を顰めると、「指紋が出ないって、どういうことだよ⁉」

「あの、その……指紋、あるにはあったんですが……」しどろもどろになりながらも、鑑識官は、「ナイフにも、着物ハンガーにも、山神海彦と、あとは従業員の指紋しかついてなかったんです。あとは山神の血がべっとりついていたくらいで」

「は？　だったら容疑者三人の指紋は？」

「ありませんでした」

「手拭いにもか？」

「手拭いはその、血がべっとりで……ていうかそもそも布なんで、指紋が上手く取れず」

「なんだそれ！」被っていない帽子を床に叩きつけるジェスチャーとともに、ユージは憤《ふん》怒《ぬ》の表情で、「じゃあ証拠がないってことかよ……」

「ま、まあ、そういうことになりますね」

困ったような表情で、鑑識官がタカに助けを求める。タカは慌てて顔を背ける。

「む……」言葉に詰まったまま、ユージが黙り込む。

「やっぱりなー。そんな気がしたんだ」と、風真がぼそりと呟く。

「マジでそれ」アンナも肩を竦めた。

この事件、一筋縄ではいかないことは初めからわかっていた。

何しろ、山神七段が殺された亀の間は、密室になっていたのだ。窓はクレセント錠が掛かっていて外からは開けられない。着物ハンガーをつっかい棒代わりに立て掛けるのも、内側からしかできない。そんな状況を意図的に作り上げた犯人がいたとしたら、よもや証拠となる指紋を残すようなポカをするわけがない。

「ぐぬぬぬぬ……」しばし、こめかみに血管を浮かせながら、苦しそうな表情を浮かべていたユージだったが、ややあってから、肩の力を抜くと、「……わかった。証拠がないならそれはそれでいい」

「もっかい捜査するか？」

「いや、その必要はない」タカの言葉に、ユージは静かに首を横に振ると、「犯人のアタリは大体ついている。まずはそいつを尋問しよう」

そして、一拍を置くと、自信たっぷりに言った。「大広間に、今別文人を連れてこい」

＊

「えっ、ちょっと待ってください、俺ですか？」

警察官に両脇《りょうわき》を挟まれたまま、今別三段がタカとユージの前に連れてこられた。

お前たちはあっち行ってろ、と二人に大広間から邪険に追い出されたアンナたちは、しかし物陰から、じっと二人の尋問の様子を盗み見る。

屈強な二人に挟まれた、背が高くひょろ長い今別三段。なんか、ネギマみたいだな——アンナの胃が、無意識にクゥーと鳴る。

「ちょ、俺が何したって言うんですか」

「何したもうえもねーよ。お前がやったことはお前自身がよくわかってるだろ」

「…………」ユージの言葉に、今別三段は少し考えると、「……もしかして、アレですか」

「そうそう、そのアレだよ」

「そうだったんですね。アレしてしまい、誠に申し訳ありませんでした」

「素直に謝るんだな。……じゃ、しょっ引《ぴ》け」

「えっ？　しょっ引くって何ですか？」今別三段は慌てたように、「まさか俺、捕まるんですか？」

「そーだよ、逮捕だよ」

「逮捕？　いやいやちょっと待ってくださいよ。こんなことで俺、逮捕されるんですか？」

「当然だろが！　殺《や》っといて今さら何言ってんだ！」

「待ってくださいよ、確かに食《や》っちゃったのは事実ですけど……」今別三段は、うろたえたように、「そんなに……逮捕されるくらい酷いことなんですか……つまみ食いって」

「酷いに決まってるだろ！　それがどれだけ極悪かわかってんのかお前、つまみ食いするなんてさぁ。人様のメシを強奪してカロリーを奪うなど言語道断……」ユージはそこまで言ってから、目を瞬くと、「は？　つまみ食い？」

「はい。本当に悪かったと思ってます」今別三段は頭を下げると、「でも、腹減ってたんですよ。それで、昼食で師匠に出された力うどんの具……旨《うま》そうだったんでつい、ひと口だけつまみ食いを」

「…………」

言葉を失ったユージに代わり、タカが問う。「いや……俺たちが言ってるのはそのことじゃねーんだ。山神七段を殺したの、お前じゃないのか？」

「えっ⁉　そっち⁉」今別三段は目を丸くすると、「まさかまさか！　人殺しなんかするわけないじゃないですか！　ないないない！」今別三段は慌てて頭を何度もブンブンと横に振った。「師匠を殺すなんてあり得ませんよ！　そもそもなんで俺がそんなことするんですか！」

「理由ならあるだろ？」タカは一歩前に出ると、優しく諭すように、「お前、山神七段に、無理やり恋人と別れさせられたよな？」

「えっそれは」今別三段の瞼《まぶた》が、ピクリと痙攣《けいれん》する。

タカは間髪を入れず、「それを恨みに思ったお前は、被害者を刺し殺した。違うか？」

「それは……ち、違います。誤解です」今別三段は、もごもごと口ごもりながら、「確かにそのときは恨みました。けど、それにもう今じゃ、むしろ感謝しているくらいで……そもそも、そんなの、殺すほどの理由にはなりません」

「なるほど、認めはしないんだな……まあいい。後は署で聞こうか」

つれてけ――と、タカが指示をすると、警察官たちが今別三段の両脇を抱え上げた。

アンナは驚く。いくらなんでもそれは拙速じゃない？

だが、アンナの疑問よりも先に、風真が物陰から飛び出した。

「ちょ、待って待って二人とも！」風真は、眉根を寄せてタカとユージに詰め寄った。

「いやー、それはさすがに強引でしょ？」

腰を折られたユージが、むすっとした表情で、「何が強引だってんだよ」

「いやほら、逮捕するにはまだわからないことが多すぎるじゃないですか」

「例えば？」

不機嫌なユージに、風真は、「例えば亀の間ですよ。あれ、密室になっていたじゃないですか。あれ、気になりません？　なぜ密室にしたか、どうやって密室を作ったか」

「確かに、それはそうだな……」

「逮捕より先に、そっちの解明じゃないですか？」

「むむむ……」

タカとユージが、ためらうように目を見あわせる。

そのタイミングで、いつの間にかユージの傍に、背後霊のように移動していた栗田が、ユージの耳元で、そっと囁く。「誤認逮捕は、警察《そっち》の不祥事になるぞ」

「不祥事！」ユージの表情が強張る。

そこに栗田が、ダメ押しの一言。「逆に上手く解決できれば、お前ら一躍名刑事だ」

「おおっ……！」ハッとしたような顔をしたタカは、ユージと一度目配せをしてから、すぐもっともらしい顰め面で言った。「……まあ、お前らの言うこともよくわかった。うん、よくわかったぞ。だがまあ、ホラ今日はもう午前零時《テッペン》だ。まだこの宿に止め置いているマスコミ連中も『事件について教えろ』と言い出している。このままだと奴らも騒ぎ出すだろうし、厄介なことになるのは明白だ。そうなれば警察の沽券にもかかわってくる。……そこでだ！」

タカはビシッ、とポーズを決めて風真を指差した。「お前らに一時間やる！」

「えっ⁉　一時間ですか？」

「そうだ。前の事件《とき》も一時間で何とかなっただろ。その間に推理して、真相を突き止めろ！　間に合わなきゃ予定どおり今別と、ついでに和田島と中村も連行して、あとは取り調べではっきりさせる」

またまた、自分勝手な！

だがまあ、前のめりな逮捕を防げただけでもよしとしようか。それに、カンニング疑惑と殺人事件、この二つの間に何らかの関係があると考えれば、そもそもこの事件はネメシスのものだとも言えるのだ。

「てなわけだ。これでいいな？」

ユージの言いっぷりに釈然としないものを覚えつつも、アンナは風真とともに頷いたのだった。

＊

「ひょうひひひうほ、ほふははんはいんへふほへー」

「アンナ、それ飲み込んでから喋れ」

「はーひ」風真に窘《たしな》められたアンナは、塩谷から差し入れられた月餅《げっぺい》をごっくんと飲み込むと、ひとつハーと溜息を吐いてから、「正直に言うと、よくわかんないんですよねー。ここのところずっと密着して見ていたわけですけど、中村三冠、怪しそうで怪しくなかったり、怪しくなさそうで怪しかったり」

「結果、怪しかったってことでＯＫ？」

「うーん、それはハーフＯＫ？」

「どっちなんだよ」風真は、苦笑した。

その間にも二つ目の月餅にかぶりついたアンナに、風真は腕組みをしながら、「率直に言うとだな、俺は中村三冠が犯人だと思ってる。対局後に山神七段の部屋に行っていたことははっきりしているわけだし、動機だって認められるわけだし」

「山神七段にカンニングを知られ、それを咎められての犯行、ってことですか」

「ああ。なんなら恋人と破局させられたとか、過去の因縁だとかよりもずっと、『人殺し』の原動力になると、俺は思う」

「だが、その前提だと、問題もいくつかある」栗田が、横から口を挟んだ。「密室を作った方法とその理由は？　動機となるカンニングを本当にしていたのか？　していたとして、その方法は？　そもそも凶器はいつ持ってきて、いつ戻した？」

「いやまぁ、そうなんですけどね」風真は肩を竦めた。「これらが解明されない限りは、なかなか追及も難しい……のかなぁ？」

「ま、でもそこはなんとかなるんじゃないですかね」アンナが楽観的に言ったそのとき、まる美が、トコトコとアンナの傍に駆け寄ってきた。

「アンナさーん、持ってきましたよー」カラコンを外した今、ハムスターを思わせるつぶらで真っ黒な瞳を輝かせたまる美は、何かの機械を抱きしめるように持っていた。「ジャジャーン、宿の人からお借りしてきました！」

「ありがとう！」まる美から機械を受け取ると、アンナは早速それを操作し始める。「ディスク、入ってる？」

「もう中に。すぐ再生できますよー」

「ごめんね、手伝わせちゃって」

「いいんですよ！　ていうかこれ、アンナさんのお仕事なんですよね？」

「あー、うん、まあね」アンナは、適当に誤魔化した返事をした。自分たちが探偵事務所の人間だということは、まる美には伏せているからだ。

だが、当のまる美は、「こういう仕事もカッコイイですね……」と、目をきらきらさせていた。どうやら彼女は、すでにアンナの正体を察しているようだ。まあ、探偵として名が知れている風真と行動を共にしているんだし、バレバレか――。

「アンナ、これ何だ？」風真が、興味津々の体で顔を出す。

「ポータブルプレイヤーですよ。ブルーレイの」アンナは、機械をパカッと開けた。

そこにB5判ほどの大きさの液晶ディスプレイが現れる。

「これで何するんだ」

「さっきの対局の録画をもう一回全部見てみるんですよ」アンナは、当然のごとくに答えた。「きっと、そこに手がかりがあると思うんで」

「あー、なるほど。……でも大丈夫か？」風真は、少し心配そうに眉を寄せると、「対局、まる一日掛かってただろ。あと一時間だぞ、間に合うのか？」

「平気平気。十倍速で見るから」アンナは、プレイヤーのスイッチを押す。

ディスプレイに、対局の様子が表示された。

背筋を伸ばした姿勢のままほとんど動かない中村三冠だけを見ているとわからないが、ブレたように映る山神七段の頭を見れば、これが早回しなのだと理解できる。

時折、二人が将棋盤に向かって高速チョップをかます。滑稽《こっけい》な動きだが、手を指しているのだ。よく見れば背後にいる南方も、小刻みに手を動かしているのが見て取れる。記録係の顔も表情がわからない程度に滲んでいる。おそらく、盤面と手元の記録を交互に見ているからだろう。

「こんなんで、わかるのか」

「わかるかどうかは、これからです」アンナはディスプレイを見つめたまま、両手のひらを合わせると、背筋を伸ばして言った。「アンナ……入ります」

不安そうな風真をよそに、アンナは、ディスプレイの向こう側にある、あちらの世界へと飛び込んだ。

率直に言えば――。

アンナの中ではすでに、事件の真相はほぼ見えていた。

ただ、それだけでは不十分。なぜならまだ謎はあるからだ。

例えば謎の一、彼はどうやってカンニングをしたのか。

例えば謎の二、なぜ彼はその選択をしたのか。

例えば謎の三、彼はどうして何も言わないのか。言わなかったのか。

単に誰が犯人かわかったところで、これらの謎が解明されなければ、事件が解けているとは言いがたい。

ともあれヒントは、この小さな画面の中にあるはずだ――アンナは、脳内で、二人の対照的な棋士が精神をぶつけ合う対局室に入り込むと、八十一マスの将棋盤の前に正座をし、じっと、その様子を見続けた。

そして――五十分後。

アンナは一瞬だけ、こちらの世界に戻ってくると、呟いた。

「やっぱり、あの人なんだよなー」

＊

「あの人？」

「そう。でもまだ百パーじゃない……てなわけでアンナ、もっかい入ります！」

「あ、ちょ！」呼び止める間もなく、アンナは再び、向こう側に入ってしまった。

どういうことなんだよ――風真は、心の中で独り言を呟くと、ちらりと腕時計を見る。

今は十二時五十分。タカたちに切られたタイムリミットまで、あと十分だ。腕時計の文字盤と、ディスプレイを食い入るように見つめるアンナの後頭部とを交互に見ながら、風真は無意識にごくりと唾を飲み込む。

時間がない。だが今はアンナに頼るしかない。彼女が持つ空間没入という能力に。

空間没入——この稀有《けう》な特殊能力に、実際のところ、風真とネメシスは何度も救われている。

現在、一応は名探偵と呼ばれるようになった風真だったが、もしアンナの空間没入能力と、これにより導き出された「真実」の囁きがなければ、そんな名声は得られなかったに違いない。裏を返すと、ネメシスの功績はほとんど、アンナとアンナの特殊能力がもたらしてくれたものなのだ。

もちろん、風真の目的は、名探偵になることではない。だからこれで別段の不満はない。強いて言えば、自分がもう少し力になれたらいいと思うことはあるのだが——。

あれほど月餅が山盛りになっていたアンナの皿が、いつの間にか空になっている。そこに自分の月餅をいくつか追加すると、風真はアンナを邪魔しないように、そっと見守った。

それにしても、さっきのアンナの呟き。

――やっぱり、あの人なんだよなー。

「やっぱり、ってことは……中村三冠が犯人なのか？」

「それは違います」無意識に呟いた風真に、まる美が答えた。

アンナと並んで座り、十倍速の対局をじっと緊張した面持ちで見つめていたまる美は、風真の言葉を聞くや、即座に振り返ると、「中村三冠は絶対に犯人じゃないです！　それは私、自信を持って言えますよ」

「そうなの？」思わぬ反応に驚き、たじろぎつつも、風真は、「でも……なんで？」

「だって、中村三冠が人を殺すのは、盤上でだけですから！」小柄なまる美が、胸を張った。「中村三冠が……いえ、棋士が、盤外で人を殺すことはあり得ません。その必要がないからです。ましてや中村三冠は将棋史上最高の天才、山神七段が投了したときに、勝負も終わっています。だったら改めて物理的に殺す必要なんて、ないですよね」

「……そうなんだ。うん、そうかもね」風真は、愛想笑いとも苦笑いともつかない、ひきつった笑みを浮かべた。

棋士か――。

まったく、将棋指しの考えることは、よくわからないな。

「……むう」アンナが不意に、低く唸るような声を漏らした。

没入していた世界から、タイムリミットぎりぎりの帰還。風真はアンナの横にしゃがむと、「大丈夫かアンナ？」

「……うん、大丈夫」

額を押さえて呻《うめ》くアンナに、風真は問うた。「で、どうだ？　わかったか？」

アンナは、か細い声で、「……ないの」

「ん？」風真は訊き返す。「えっ、なんだって？　何がどうしたって？」

アンナは、風真を見上げると、彼女には珍しく、縋《すが》るような声色で言った。

「おかしいの。どれだけ考えても、解けないの」

＊

「……は？」風真が、何度も目を瞬いていた。「え、えーっと……解けないって、どういうことだ？」

「…………」風真の問いに、アンナは上手く答えられない。

解けない、としか言いようがなかったからだ。

アンナはやはり、あの人が行った事件だと確信していた。だって、物理的にはあの人しかいないのだから。カンニングが実際に行われていたのも間違いない――でも、そうだとすると、どうしても理解できない部分が生まれてしまうのも、また事実。

謎は全然解けていない。そして謎がある限り、この事件はまだ、本当の意味での解決とは言えない。

「解けない……？」風真が、狼狽《ろうばい》したように言った。「まさか、犯人がわからない？」

「いや、そうじゃない。ただ……」アンナは、口ごもった。

アンナは理解していた。中村三冠に犯行は不可能であることを。

このことは、たった今の空間没入でもはっきりした。だが――。

だからこそ真相は、ますます意味不明なものになっていくのだ。

「ちょっと待てよ」風真は、納得いかないといった表情で、「じゃあ、お前が言った『あの人』って、誰なんだよ？」

「…………」

「今別三段か？」アンナは、ゆっくりと首を横に振る。

風真は、栗田と目を見合わせると、「てことは……和田島さん!?」

だがアンナは、しばしの間を置くと――再び、無言のままで首を横に振った。

「えっ？　どういうことだよ？　……全然意味がわかんないぞ？」戸惑ったように、風真が首を何度も傾げながら、「中村三冠が犯人じゃなくて、今別三段も和田島さんも違うって、それじゃ誰も残らないぞ？　山神七段を殺した人間がいなくなるじゃないか！」

「…………」

そう、まさしくそのとおり。風真が混乱するのもよくわかる。

こういう言い方をすれば当然、三人の中に犯人はいなくなってしまうのだから。

でも、そのこと自体はすでに解決済みだ。問題はやっぱり――。

「時間だ！」誰かが、でかい声を出した。

振り向くと、タカとユージが立っていた。胸を反《そ》らすような姿勢のユージは、顎を上げながら、「真相は解明したか？　悪いがもう時間切れだ。今からここに関係者を呼んでくるから、そいつらの前で推理を披露してくれ。いいな？」と言うと、踵を返し駆け出した。

「ま、待ってくれ、推理はまだ……」と、風真がユージを呼び止めようとする。

しかしアンナは、風真を制止した。「いい、大丈夫。なんとかなると思う」

「なんとかはならないよ！　だって……」風真は小声で、こっそりと言った。「お前、まだ事件の謎が解けてないんだろ？」

「確かに、まだ腑《ふ》には落ちてない。けど……」声を潜めつつ、アンナは口を真一文字に結ぶと、「それでも、なんとかする。あとは走りながら考えるよ」

「…………」じっとアンナの瞳を見つめた風真は――。

「わかった。お前に任せる！」と頷くと、骨伝導イヤホンを耳の穴の中に入れ、さっと立ち上がった。「俺はユージと一緒に関係者を呼んでくる。で、ここにくるまでの数分くらいは時間を稼いでおくよ。アンナはその間も考えろ、走り続けろ！」

そう言うと、風真はユージの後を追うようにして大広間から出ていった。

栗田もまた、一瞬アンナに目配せをすると、「……お前ならできる」と一言を残して、風真の後を追った。

「ありがと、みんな」アンナは、感謝の笑顔を返した。

――そして大広間には、アンナとまる美が残された。

しんと静まり返る大広間。アンナとまる美は二人、プレイヤーを見ながら座っている。ディスプレイではいまだ、中村三冠と山神七段の対局が続いている。二度目のリプレイだ。一日最後まで見終わったものをもう一度、まる美が見返しているのだ。

「すごい……ここで金を引くんだ……目から鱗《うろこ》……」まる美が、眉間に力を入れた棋士の表情で、対局を見つめている。「不思議……この銀が寄せに生きるなんて……だから王を逃がさないんだ……新しい……」

おそらく、八十一マスの世界にまる美は没頭しているのだ。手を忙しなく動かしながらの、過度の集中。これはきっと、アンナの空間没入と似たようなものなのだろう。

そういう意味では、棋士が持つものも一種の「特殊能力」なんだよな。

「三冠スゴイ。でも七段もシブイ。スゴイ……シブイ……ステキ……スキ……」

——ん？　待てよ。

不意に、アンナは気づく。これには何か、意味があるのか？

「まる美ちゃん、ごめん、ちょっといい？」アンナは、ハートマークの瞳でディスプレイに見入るまる美に断りを入れると、プレイヤーの再生速度を通常に戻し、手をあわせ、そして、「アンナ……入ります」

「あっ、どうかしたんですか？」我に返ったまる美に、しかしアンナは無言だけを返す。いくつかのシーンを見返した後、アンナは空間没入から戻ると、「あーそっか、やっとわかった。ここで繋がるのか！」

と、はーっと大きな溜息にも似た息を吐いた。

「ひとつ解決！」

「何がですか？」

「解けたんだ。謎の一、カンニングの謎が！」

「……えっ⁉」

一拍の間を置いて、まる美が大仰に驚いた。「それってまさか、中村三冠の……？」

アンナは、「説明は後でね！」と何かを言いたげなまる美を制すると、再び考え込む。

あとは謎の二、彼の選択の理由と、謎の三、彼の行動の理由だけだ。それらがわかれば、この事件は解明できる。そのためには――。

「……あそこしかないかぁ」

「あっ、アンナさん⁉」

そう言うやアンナは、大広間を飛び出すと、唖然としたままのまる美を残し、一人亀の間へと向かっていった。

7

「さてさて……こちらでいいんでしたっけね？」

風真は、わざととぼけながら大広間へと入っていった。

将棋協会をはじめとする関係者たちはすでに大広間に戻ってきており、山神七段の事件についての説明を今か今かと待ち構えていた。どこか殺気めいた雰囲気を感じながら、風真はゆっくりと、大広間の中央に歩を進めていく。

「……風真さん、とりあえず適当に誤魔化して！」

つい今しがた、アンナはイヤホンの向こうでそう言うと、早口で二人分の推理を——少なくともその二人が犯人ではない理由を述べた。

アンナの姿は見えなかった。松島荘のどこかにいるのだとは思うが、具体的にはわからない。不安を覚えた風真に、アンナは、「ごめんだけど、まずこれだけ説明しておいて！その間に残りも突き詰めて考える。とにかく時間を稼いで！」

じゃっ！——と、それだけを一方的に伝えると、マイクを切ってしまった。

おいおいマジか？——と、風真は唖然とした。

この推理だけでどうにかしろってか。こんな中途半端な結論だけよこしやがって——っていうかあいつ、どこにいるんだ？

顔を顰めながらも、しかし風真はすぐに開き直る。

まぁ、四の五の言ったって仕方ないか。こんな局面、今までも随分あった。でもその都度、なんとか凌《しの》いできたじゃないか。

今回も何とかなるだろ。

半ば投げやりな気分のまま、風真は人々の前に姿を現したのだった。

彼らの視線を浴びながら、風真は中央へと進む。もちろん、時間を稼がなければならないから、その歩幅は小さく、動きはゆっくりだ。三歩進んだら靴の踵《かかと》を気にしたり、また次の一歩の後でどこか遠い所を見るような眼差《まなざ》しをしてみたり——これで十秒くらいは稼げたかな？

「いいから早くこっちにこい！」焦れたように、ユージが手招きをした。

「あーはいはい、すみませんね」牛歩戦術もここまでか。風真は頭を掻きながら、大広間全員の前に立った。

それから、コホン——コホンと勿体《もったい》ぶったような咳を二つすると、おもむろに言った。

「えー、その——……どうも皆さん、初めまして。ネメシスの風真です。探偵事務所の風真です。とどのつまり探偵事務所ネメシスの」

「早くしろって」

「ですね。では改めて……」風真は、大仰な仕草で人々を見つめると、「この世に晴れない霧がないように、解けない謎もいつかは解ける。解いてみせましょうこの謎を。さあ真相解明の」

「そういうのいいから！　早くしろって！」ユージの隣で、タカがブチ切れた。

「まぁまぁまぁ、この決め台詞はお約束ですから。というわけで改めて……真相解明の時間がやってまいりました！」

時間稼ぎもここまでか。風真は開き直ると、事件についての説明へと入っていく。

「皆さんもご承知のとおり、山神七段が先ほど、亀の間で対局後に殺されているのが見つかりました。死因は腹部をナイフで刺され、失血したことによるショック死と思われます。ナイフは大広間前のトイレから見つかりました。現場からは血塗れの手拭いも見つかりましたが、これらは本来、この大広間前のトイレの備品であったそうです。さらに亀の間は、発見当時、窓はクレセント錠で施錠され、入り口となる襖も内側から着物ハンガーをつっかい棒にして開けられないようになっていました。すなわち……密室であったのです！」

イヤホンからの指示はなくとも、とりあえず探偵らしい振る舞いはできる。

風真は、いかにも探偵然とした、余裕たっぷりの口調で――と言いつつ内心ではドキドキしながら――説明を続ける。

「さて、この事件において解かなければならない問題は二つあります。すなわち、密室の謎、そして犯人が誰かということです。前者はさておき、まずは後者からいきましょうか」正直、密室の謎はちんぷんかんぷんだ。だから、さておいたのではなく、誤魔化したにすぎない――。「事件が発生したのは、対局が終わり、山神七段が亀の間に戻られた午後十時から、死体となって十時三十分に発見されるまでの三十分間です。その間、行動履歴から亀の間に行った可能性がありそうな方を調べたところ、数人おられました。すなわち……今別三段、和田島さん、そして中村三冠です」

まさに今名指しした、その場に居合わせる三人と視線を合わせながら、風真は、「この方々には、山神七段を殺害した疑いがあります」

「つまり、容疑者ってわけだ」タカが、得意げに補足する。

言わなくともわかることだけどな――と心の中でツッコミつつも、風真は一度、心の中で反芻した。

ここから消去法によって、容疑者は絞られていく。アンナの推理を思い出しながら、風真は続ける。

「……もちろん、この三名の方がすべて疑わしいわけではありません。中には犯行そのものが不可能だと思われる方がいるので、まずその方を除かなければなりません」

「どういうことだ?」

いいタイミングでのユージのツッコミ。風真はにんまりと頷くと、「犯行に使われた凶器。これがポイントです。凶器となったナイフは、今日の正午時点ではまだトイレの用具置き場にあったものです。しかし午後八時の時点ではそこになく、犯行後、いつの間にかまたトイレの床に捨てられているのが発見されました。ここから、犯人は、正午以降午後八時までの間にナイフをトイレに取りに行っている、ということが導き出されます」

「要するに、その間の行動を考えればいいわけだ。もしその間、トイレに行った事実がなければ、そいつは犯人じゃないと」ユージは、興味深げに顎を摩った。

その相槌の入れ方、上手いぞ。案外ユージ《こいつ》は刑事より探偵助手に向いてるんじゃないかな――そう思いつつ、風真は続けた。

「まず今別三段です。彼は対局中、終始我々の傍にいました。ディスプレイを食い入るように見つめ、手元のスマホを使って分析をしていたので、トイレには行っていません。私が終始見ていましたから間違いありません」本当は、見ていたのはアンナだが、まあいいや。「すなわち、今別三段はナイフを取りに行けず、犯人にはなり得ない」

「ハイ一人消えた。次は？」

「和田島さんです。和田島さんも終始大広間にいました。しかし実は、彼は一度トイレに行っています」

「お？　怪しいな」

「とはいえ、それは対局前、すなわち正午以降午後八時までの間ではありません。犯人じゃない」

「それもお前が見てたのか」

「ええ、ずーっと見てました」本当はアンナだけど。

「ハイ二人目消えた！」今度はタカが膝をポンと叩くと、「それで？」

「それで……」風真は、口ごもる。

次の推理は——聞いていない。

三人のうち、今の二人の推理は聞いた。その二人が犯人でないということははっきりとしている、そうアンナは言っていたのだ。

しかし、最後の一人は、判然としていない。したがって、彼に関する推理を、風真も聞いてはいない。

「……？　次はどうしたんだよ」タカが促す。「もう終わりか」

「あ、いえ。ちょっと待って」風真は咳払いをして誤魔化す。

アンナは確か、残りの推理にはまだ確信が持てない、と言っていた。彼女の口調から察するに、そのもう一人もまた犯人ではないという推理のようだった。

だが——そんなことあるか？

そうなれば、三人の容疑者のうち、三人が犯人ではなくなってしまうんだぞ？

率直に言えば、風真はずっと、その残りの一人が犯人であると睨んでいた。

いや、そもそもこの事件の発端を考えれば、彼こそが犯人なのだと考えれば、綺麗にまとまるのではないか？　むしろ、だったら結論は明らかなんじゃないか？　とさえ考えていた。

だったら、アンナの力を借りずとも、自分の力だけでなんとかなるんじゃないか？

よし、決めた！

「すみません。続けますね」風真は、アドリブで説明を再開する。「ここで消去法によって残るのは、たった一人だけ。そう……」

その男にビシッと人差し指を突き付けると、「……中村三冠、君です」

おおっ——と、場が少しどよめく。

しかし、名前を呼ばれた当の中村三冠は、クールな顔で答える。

「僕、ですか？」

「そう、君です。君が山神七段を殺したんですね？」

「いいえ？　違いますけど」首を傾げつつも、中村三冠は無表情のまま、「でもまあ、僕のことをあえて名指しするんですから、詰みの手があるってことですよね」

「ま、まあね？」平常心、平常心。動揺を見せない中村三冠の態度に、むしろ動揺する風真は、あえて抗《あらが》うように胸を張ると、「まず動機から説明しましょうか。君にはカンニング疑惑がある。もちろん疑惑は疑惑です。でも、火のない所に煙は立たぬと言うように、その疑惑……実は本当のことだったんじゃないですか？」

「そんなことはありませんが」

「白を切るならそれでもいい。ただ、君は今日、対局後に山神七段と亀の間で何かを話していましたね？　ここから導き出される私の推理はこうです。山神七段にカンニングを見抜かれた君は、対局後、そのことについて対局後に詰問されていた。そして、激高したあなたは、山神七段を殺害した……どうでしょう？」

人差し指を額に当て、やや気障《きざ》ったらしい口調で風真は言った。

しかし、中村三冠は、「あ、違いますね」とあっさり否定すると、肩を竦めた。「その指摘はまったく的外れです。まだまだ僕の王には届かないなあ……というか、そもそも僕がカンニングをしている確たる証拠があってそう言ってるんですか？」

「そうだよ、証拠だよ！」ユージが合いの手を入れる。「それがなきゃただのいちゃもんになるぞ？　んん？　どうなんだ風真？」

「もちろん！　証拠ならあります」あんたはどっちの味方なんだよ――そう思いつつも風真は、待ってましたとばかりに大きく頷いた。

「山神七段が八十八手目を指し、君が八十九手目を指す前。君は持っていたグラスを取り落とし、ズボンを濡らしましたね？　しかもその直後の手は、誰が見ても『悪手』だった。これらのことに、何らかの関係があると私は見ています。そう……例えば、君のズボンに受信機か何かが仕込まれていたとか」

「受信機……？　マジか……！」ユージが身を乗り出す。

一方の中村三冠は、何も答えない。ポーカーフェイスのままだ。

風真はなおも続ける、「……その受信機には、外部にいる何者かから『最善手』が送信されていた。そして、受信機に仕込まれたバイブ機能を利用して、君にその手を伝えていた。つまり……君はカンニングをしていたわけです。しかし、八十九手目を指す前にグラスを取り落とし、その水が掛かってしまったことで、受信機が壊れてしまった。カンニングができなくなってしまった。だから八十九手目が悪手になった。……いかがでしょう？」

「確かに……筋は通っているな……」ユージが、感心したように言った。

風真は姿勢を正すと、「対局にスマホを持ち込めれば、その機能を使ってカンニングができる。しかしボディチェックが厳しい豪将戦ではスマホが持ち込めず、仕方なく受信機を自作した。でも防水機能までは持たせられず、壊れてしまった。……いかがでしょう？この推理。私にはすべてお見通しなんですよ！」

と、決め台詞とともに、ビシッと中村三冠を指差した。

一方の中村三冠は——。

「…………」澄ました表情のまま、しかし、なおも無言を貫《つらぬ》いていた。

よし、決まった！　風真は、ある種の恍惚《こうこつ》とともに目を閉じた。

しかし——。

ややあってから、ざわつきが聞こえた。

——いやバイブ機能使ったって、振動音は記録係に聞こえるんじゃね？　——てかズボン越しに沁《し》み込んだ水くらいで受信機が壊れるものかな？　——そんな受信機、本当に作れるのかねえ？　——ていうかさっきのトイレ行く行かないのくだりはどーなるんだ？

あれ？　あれれ？　風真は少し狼狽《うろた》えた。まさかこれって、風向きが悪いパターン？

「……風真、お前コレ、本当に大丈夫なのか？」アゲインストを察知したユージが、不安そうに訊いた。

「ええ、まあ……大丈夫、じゃないですかね？」風真は誤魔化し笑いを浮かべながら、中村三冠を指差した。「ほ、ほら、中村三冠も反論しないし」

「…………」中村三冠はさっきと同様、表情を変えずに黙っている。

タカがそっと、中村三冠に言った。「……ねえ君、何か言わないの？」

中村三冠は、つまらなそうに答えた。「何かってなんですか？」

「いやだから、こいつの推理に反論とかないのかなって。できるでしょ？　反論」

「いや別に。むしろ僕、何か言わなきゃいけないんですかね？」

「そんなこたないけどな。でも……」

「このままだとお前、犯人にされちまうぞ？」ユージも、中村三冠に言った。

「まあ、仕方ないですよね」中村三冠は、肩を竦めながら続けた。「正直、探偵さんの推理はあまりいい手筋じゃないなあとは思ってます。なんというか、その場しのぎの手を指したなって印象で」

「うん、俺もそう思う」

「でも、正直に言うと、僕にも受け手がないんですよね」

「どういうことだ？」

「もちろん、いくらでも手はありますよ？　でもその手に対する探偵さんの手もいくらでもある。ほら、バイブ機能を最小限にしてたとか、僅かな水でも壊れる受信機だったとか、受信機はこっそりどっかに処分したんだとか、凶器は誰かに頼んで持ってきてもらったとか。何とでも言えるんですよ。で、それを言われたら、もう千日手でしょ？　だったらわざわざ指すのも、意味ないかなあって」

「……それはつまり、えーと、罪を認めるってことか？」

「まあ、別に『詰んでいる』わけじゃないんですけどね」戸惑うユージに、中村三冠は苦笑しながら、「でも『持将棋』にはなっちゃってる。だったら仕方ないですよ」

やけに達観したような、飄々《ひょうひょう》とした笑顔を見せた。

ユージは、戸惑ったように、「それ……事実上の自白ってこと？」

「自白はしてませんよ。でも解釈は自由です」

そのとき、何かを見つけたのか、ふとタカの顔つきが変わる。「悪いけど、ちょっと身体検査をさせてもらってもいいか」

「別に、どうぞ？」

中村三冠が、両手を横に上げ、自分の身体を差し出す。

タカは、中村三冠のぴったりとしたスーツの上からポン、ポンと手を当て、中村三冠の肩、腕、足、腿《もも》、腰——と調べていく。

そして、スーツのジャケットを触ったとき、「……ん？」と一瞬顔を曇らせると、「ポケットの中を調べても？」

「ご自由に」顔色ひとつ変えない中村三冠。

タカはポケットの中に手を入れると、おそるおそる、小さな何かを取り出した。

その何かを見た一同が、どよめいた。
それは――血に塗れた「王将」だった。

＊

「王将……？　こりゃ一体……」

中村三冠のポケットに忍ばされていたものに、ユージの顔つきが変わる。

将棋の駒。固まった血がこびりつき生々しい赤に染まった、その鮮やかさに、タカとユージはしばし言葉を失った後、助けを求めるように風真を見た。

だがもちろん、風真にも理解はできない。なんでそんなものを中村三冠が持っているのか、まるで謎だ。

しかし、謎ではあっても、血塗れの将棋の駒自体が意味するところは、感覚的にわかる。

風真は、ごくりと唾を飲み込むと、声色を抑えつつ問うた。

「えーと、中村三冠。それは何ですか？」

「見てわかりません？　駒ですけど」

「わかります。もちろんわかりますとも」相変わらずポーカーフェイスで、何を考えているのかわからない中村三冠に、風真はなおも訊く。「私が聞いているのは、この駒を、どうして君が持っているのかということです」

「貰ったんです」

「誰に？」

「山神七段に。さっき使ってた駒なんで」

「さっき使ってた……？」って、どういうことだよ⁉

戸惑いに眉を顰めつつも、風真は続ける。

「もうちょっと詳しく説明を。いつ、どこで、どうやって受け取ったんですか」

「そ……そうだ！　これをどこで手に入れた⁉」はっと我に返ったように、ユージがいきり立ち、中村三冠に迫る。

しかし、中村三冠は一切の動揺を示すことなく答える。「言う必要はありませんが」

「なぜだ？　言えないようなことなのか？」

「いや別に」嘲るような笑みを、口元に浮かべた。「どうせ言っても理解できないから言わないだけですけど」

「なんだと！」ユージの顔が、一瞬で赤に染まった。「いい根性してんじゃねーか！　いいよ、逮捕だ！　タカ！　こいつに手錠を掛けろ！」

「了解！」ユージの指示に、タカが猟犬の眼差しで、ひらりと中村三冠の前に立ち塞がる。

一方の風真は――困惑していた。

確かに中村三冠が犯人だと指摘したのは自分だ。名探偵を気取って、なんなら調子に乗って決め台詞まで言ってしまった。

だが、この流れになると、むしろ自分の判断が間違っていたような気がする。ポケットから血塗れの「王将」が出てきたこと。「どうせ言っても理解できないから」という理由で釈明しようともしないこと。この不可解さをはっきりさせなければ、本当のことなど言えないのではないか？

これだけ局面が緊迫してしまえば、もう風真にはどうもできない。

それでもどうにかしなければならない――ならば一体、どうしたらいいのか？

このとき、ふと風真の頭の中を、アンナの言葉が過《よぎ》った。

――とにかく時間を稼いで！

って、い、い、い、い、い、
ってオイ！　とにかくって、どうすりゃいいんだよ⁉

タカがニヤリと笑みを浮かべると、手錠を弄《もてあそ》ぶように、手の中でジャラジャラと言わせながら、中村三冠に迫る。

ああ——もう、こうなりゃヤケクソだ！

迷った風真は、勢いよく、バッ、と両手を上げると、叫んだ。

「……皆さんストーップ！」

8

ハッとしたように、全員の視線が集まった。

その焦点で風真は、両手を上げ、手のひらをパーに大きく開いたポーズを取った。グレーのジャケットがひらひらと背後で舞うのを背中に感じながら、しかし風真は、微動だにしない。

探偵の突然の行動。シン——と、大広間が静まり返る。

この人はこれから、何を言い出すのだろう？

そんな期待感にも似たものを全身に感じながら、しかし風真はあえて、そのポーズを取り続けた。

というか、もはやそうする以外にこの場を乗り切る方法が思いつかなかった。

当然のごとく、雰囲気が少しずつ変化する。ひりつくような緊迫感が、なんだかおかしいぞ？　とでも言いたげな、怪訝《けげん》なそれへと変わっていった。

それでも風真は、己を崩さない。

一世一代の大勝負――というほど大袈裟なものでもないが――探偵風真に、今は「引く」の二文字はないのだ。そんな気迫のようなものに押されたか、人々は誰もが「……それで？」と問いただしたいのをすんでのところで堪えているような、あるいは居たたまれないような、実に不思議な表情を浮かべていた。

コチ、コチ、コチ――と、どこかで時計の音がする。

「十秒……二十秒……一、二、三……」静けさの中、誰かが秒読みを始めた。

風真は、思う。自分が招いたものだとはいえ、一体何なんだこの状況は。

そろそろ、誰か助けてくれ――。

と、そのとき、視界の端、大広間の端に立てられたパーティションの向こうに、こっそりと手を振る女神の姿が見えた。

アンナだ！

『お待たせ』同時に、イヤホンから、アンナの声が聞こえてきた。『時間稼ぎしてくれてありがと。正直、謎はあといっこ残ってるんだけど……とりあえずこの場を「勝つ」ことはできるから安心して』

助かった――風真は安堵の溜息を吐きつつも、緩みそうになる表情を今一度引き締めると、

「……というわけで皆さん、お待たせしました！」

「んー何だったんだ今の間は！」ユージが右から突っ込む。

「ははは。豪将戦もかくやという息の詰まる一瞬でしたね！」

「お前が言うな！」と、今度はタカが左から盛大に突っ込んだ。

が、風真は構わず、両手をゆっくりと下ろしながら言った。「ともあれここまでは余興、将棋で言えば中盤です。ここからが本番、私の推理も終盤に入っていくのですよ」

そして、アンナの囁きをイヤホンから聞きつつ、推理を再開した。

「まずは今疑われている中村三冠について、言及しておきましょうか。そう……思い出してください。中村三冠は対局中、ずっと対局室にいましたね？ というか、対局が始まってから山神七段が投了するまで、その場を微動だにしていませんでした。当然トイレには一回も行っていない。だとすると、トイレにあったナイフを中村三冠が取ってくることはできず、したがって、犯人ではあり得ないということになる」

――まあ、そりゃそうだよな。

アンナの囁きを説明しながら、風真は今さら思った。他の二人と同様、ごく簡単な理屈で、中村三冠は容疑者から外れていく。そこをブレさせてはいけなかったのだ。

だが——だったら犯人は誰なのだ？

自分で自分の発する言葉に戸惑いながら、風真は続ける。「結局のところ、それぞれの容疑者において犯行は不可能だ、ということになります」

「いやおかしいだろ。容疑者がいなくなったら、誰がこんなことをしでかしたってんだ」と、タカが突っ込む。

いやー、その質問、当然出るよな。うん。俺も思った。

だが風真は一拍を置くと、「誰もやっていない。これが結論です」

「ちょ、意味がわからん」呆れたような顔で、タカは言った。「誰も被害者を殺していない。でも被害者は密室で死んでる。なんだこれ、矛盾してるだろ」

困惑するようなユージの言葉。

風真も思う。いやほんと、確かに、矛盾しているのよ。

カンニングも、密室も、人殺しも、やる人間がいてこそ起こる結果だ。やる人間がいなければ、そもそも結果は起こらないはずなのに。

だからこそ信じられない——やっぱり中村三冠の仕業なんじゃないの？　そもそもカン

ニング疑惑があったわけだし、そこに殺害の動機も認められるのだし。ポケットからは血塗れの王将まで見つかったんだぜ？　にもかかわらず釈明らしい釈明さえしない。どれもこれも「疑わしさ」ばかりじゃないか！

それでも、風真は――。

「矛盾は……していません」誰よりも戸惑いながら、イヤホンから流れてくるアンナの言葉に耳を傾け、そして、それを皆に伝えていく。「しかし、そのことについて説明する前に二つ、大きな事実を指摘しておきたいと思います」

「二つ？　……言ってみろ」

ユージの促しに、風真は言った。「まず、中村三冠は、カンニングをしていません」

「……は？」ユージが、唖然とした。「あれお前、さっき中村がカンニングしたって言ってなかったか？」

「そうでしたっけ？」

「忘れんなよ！　もー何なんだよもーお前もー！」

タカなんとかしてよこの人ー！　と怒りを通り越して涙目のユージに、風真は惚《とぼ》けた表情のままで、「言ったでしょ？　あれ、余興です」

「よ、きょう……？」

開いた口が塞がらない、という言葉そのままの表情を見せるタカとユージをよそに、風真は続ける。

「ま、要するに、カンニングはただの疑惑であって、事実としてはそんなことはなかった、ってことですね。もちろん今日に限らず、これまでの対局すべてにおいてです。そう断定する理由も極めてシンプル。そんな面倒なことをする必要がないほど強いからです」

「確かに……そうなんだろうが……しかし……」タカとユージが、完全に言葉を失った。

二人だけでなく、その場にいた人々――少なくとも中村三冠のカンニング疑惑を一度でも耳にしたことがあろう人々は皆、困惑と後ろめたさとが同居した微妙な表情のまま、水を打ったように静まり返った。

ただ一人、中村三冠だけが、澄ました顔で全員を見ていた。

「もうひとつの事実。それは……」一同の様子を確かめてから、風真はその静寂に楔《くさび》を打つように言った。「カンニングをしていたのは、本当は山神七段だったということです。

……そうですね、南方先生」

＊

突然の指名。驚くような声が人々から湧き起こる。

「……私、ですか？」だが、当の南方は、いつもの声色のまま、「探偵さんが何を言っているのかわかりかねますね。どうして私にその話を振るんです？」

「それはもちろん、このカンニングの首謀者があなただからです」

「首謀者？　私が？」

「そうです。あなたは弟子である山神七段のため、巧妙なカンニングを発案し、しかも手伝っていた。違いますか？」

「…………」南方が一瞬言葉に詰まる。しかし、眉間に小さな皺を寄せながらも、すぐに続けた。「何を根拠に、そんなことを？」

「説明しましょう」風真は改めて人々に向き直ると、「そもそも、この事実に気づいたきっかけは、対局前の上座の譲りあいです」

「譲りあい？　初耳だぞ、何があったんだ」

訝るユージに、風真は説明する。「山神七段が、後から来た中村三冠と、上座と下座のどちらに座るかで少し揉めたのです。山神七段が上座を固辞しましてね。最終的には立会人である南方先生の裁定で中村三冠が上座と決まりましたが、別の見方をすれば、山神七段には下座に座りたい理由があったと考えることもできます。そう、例えば、そちらに座れば、南方先生の姿を視界に入れることができるから、とか」

「…………」ちらりと見るも、南方は表情を強張らせたまま、何も答えない。

風真は、なおも続ける。「ではなぜ、山神七段は南方先生の姿を自然に見たかったのでしょう。それは、対局の様子をもう一度見るとわかります……すみません、どなたか、今日の対局をディスプレイに映してもらってもいいですか。早回しで」

「わ、わかりました」風真の言葉に、塩谷が機敏に動く。

ものの数分で、ブルーレイプレイヤーがディスプレイに接続され、対局の様子が早回しで再生される。風真は、ディスプレイを指差すと、「注意して見ていただきたいのは、ここ、南方先生の手の動きです。ほら……頻繁にその手の形が変わっていませんか？」

ほとんど動かない中村三冠と、ブレたように映る山神七段の頭。そして時折高速チョップ。

一方、背後にいる南方もまた、細かに手を動かしている。その手の形は、まるで仏像が手でその意思を示す印相のような、複雑な形状だ。

風真は続ける。「これを見ていて気づいたのです。実はこの手の形、山神七段の次の指し手を示すものなのではないかと」

「どういうことだ?」

「例えば、指を折る、折らないということを組み合わせれば、両手で千二十四までの数字を表すことができます。一方の将棋盤は八十一マスしかありません。手の形をあらかじめ決めておけば、どこにどの駒を指すべきか、容易に伝えることができると思いませんか?」

「あー、野球のサインみたいな? まあ、できなかなさそうだが……」ユージは、ちらりと南方を見ながら、「要するに、南方が被疑者にハンドサインで次の指し手を伝えていた、と言いたいのか?」

「まさしく。だからこそ山神七段は、南方先生をよく見ることができる下座にこだわり、また南方先生も、そうなるよう裁定した。そうは思えませんか?」

「そうかもしれんが」タカも、訝しげな顔つきで、「次の一手を指示する南方は、そんな将棋が強いのか」

「いやいや、さすがに南方先生といえども、棋士最強ともうたわれる中村三冠に勝る手を毎回指すことはなかなか難しいでしょう。だから……南方先生こそが、AIを用いたカンニングをしていたのです」

「えーあい……人工知能？」

「ええ。最近のAIはプロ棋士も敵《かな》わないほどの読みを持っています。その力を借りれば、中村三冠にも勝てる。そう考えた南方先生は、AIの指し手をハンドサインで山神七段に伝えていたのです」

「なるほど、そこはわかった」タカが相槌を引き取った。「だが、当の南方はどうやってカンニングしてた？　さっきの映像でも、手以外におかしな動きはなかったぞ」

「確かに、南方先生にはあからさまに怪しい挙動はありませんでした。しかし、何もしていないからといって、情報を受け取っていないわけではない」そう言うと風真は、南方に歩み寄り、「南方先生、あなたは今、悪化した腰痛のためという理由で、低周波治療器をつけていらっしゃいませんか？　であれば恐縮ですが、それを見せていただいても？」

「………」南方が苦しげに目を閉じ、風真から顔を背けたその瞬間――。

「本当にすみませんでしたっ！」いきなり、今別三段が、その場で土下座をした。

人ごみに紛れるようにして立っていた彼の、突然の行動。驚く人々に、今別三段は顔を伏せたままで言った。「僕が……僕が、南方先生に指示を出していたんです！　僕のせいなんです！　本当に申し訳ありませんでした！」

「な、なんだ？　どういうことだ？」

戸惑い、ざわつく一同を宥《なだ》めつつ、風真は質問を投げる。「今別三段。君は確か、首都工大の機械工学専攻の学生でしたね？」

「はい」

「とすれば、電子工作はお手の物だ。例えば、低周波治療器を改造して、外からの電波を受け取り、特定のパルスに変換して装着者に伝えられるようにするとか」

「もうすべてお見通しなんですね……」今別三段は、震え声で項垂れた。「本当に……申し訳ないことをしました……僕のせいで……」

「今別君は悪くありません！」ようやく南方が口を開いた。「彼をそそのかしたのは私なんです！　この件は私がすべて悪いのです、カンニングのことも……山神君のことも」

「すべて、お話しいただけますね？　南方先生」

「わかりました」風真の促しに、南方は肩を落としながら言った。「私は……山神君を勝たせたかった。いや……中村君を負けさせたかった、と言うべきでしょうか」

「どういうことですか」

「実は……私は中村君に反感を抱いていたのです」南方は、ちらりと中村三冠を見ると、

「彼の棋士としての才能は随一の、天才的と言ってもいいほどのものがあります。しか

し、彼がいることで、他の棋士がまるで無才に見えてしまっている。彼の言動が、その傾向に拍車を掛けてもいました。協会の理事である私にとって、それは極めて問題のあることだったのです」

「だから、山神七段を勝たせるために、共謀してカンニングをした」

「ええ。もちろん中村君のことだけじゃない。私は、弟子である山神君に、何としてもタイトルを持たせてやりたい。そうも思ったのです」

「末期癌に冒されていた山神七段の、これが最後のチャンスだったから」

「余命一ヵ月、最後に花を持たせてやりたかった……しかし、病魔に冒され集中力を欠く彼が、中村君に勝てるとは思えなかった。だから、今別君と協力してカンニングを持ち掛けたのです」

「山神七段は、その話を受けた？」

「最初はもちろん、拒否されました。しかし、最後には私の説得に応じ、今日の対局ではAIの指示に粛々としたがったんです。なのに……」

わからない――と呻くように言ったきり、南方はその場で顔を伏せた。

「要するに、カンニングの事実はあったと」ユージがおずおずと風真に言った。「でも南方先生も今別三段も、しかも中村三冠も犯人ではない……ってことでいいのか？」

「もちろんです」風真は即座に頷くと、「そのことを示すため、もうひとつ事実を指摘しておきましょう。そう……密室について」

「おう、密室か！」

待ってました、とでも言いたげなタカに、風真は、厳かな声色で続けた。「密室を形作っていたものは、襖と、つっかい棒代わりとなった着物ハンガーです。そして着物ハンガーには血がべったりついていた。しかし、これは少し変です。なぜなら、着物ハンガーは凶器として使われておらず、血がつく理由がないからです」

ユージが問う。「ナイフで刺し殺したときに、飛び散った血がついたんじゃねーのか？」

「ならば、現場にも痕跡が残っているはず」即座に、風真は答える。「でも、実際にはその形跡はありませんでした。刺殺時についた血ではありません」

「だったらなんで、着物ハンガーに血が付いたんだ」

「理由は単純です。血塗れの人物がそれを握ったからです」

「血塗れの……って、山神七段しかいねーじゃねーか」

「そう。まさしく山神七段です。腹にナイフ傷を負った山神七段が、自ら着物ハンガーをセットして密室を作った。これが真相だったのです」

「待て待て待て待て」タカが酷く慌てながら、割って入った。「南方先生も今別三段も中村三冠も犯人じゃない。一方で山神七段は血塗れになりながら密室を作った。ってことはだぞ？　まさかのまさかだが……」

そして、ごくり、と唾を飲み込むと、「……犯人ってのは、もしや？」

「ええ、今想像されているとおりです」風真は、にこりと口の端に笑みを浮かべながら答えた。「山神七段を殺したのは、山神七段自身。つまり、山神七段は自殺していたんです」

9

大広間を、一際大きなどよめきが支配する。

山神七段は自殺していた。つまり——この事件に殺人犯など初めからいなかった。その事実に、人々はある種の安堵を覚えながらもなお困惑し、感嘆しているようだった。

ふと見ると、風真の傍にアンナがそれとなく近づいていた。ざわつきに紛れながら、風真は、アンナの耳元で囁くようにして言った。「やっとわかったよ。山神七段は対局中トイレに立った。そのとき、何らかの理由でナイフを自分の腹に刺した。そのままナイフはトイレに捨てると、手拭いを傷口に当てて誤魔化しつつ、何食わぬ顔で対局を続行。投了した後、亀の間に引っ込み、密室を作って息絶えた……そういうストーリーだったんだな」

「まーね。一応そこまではすぐわかったんだよ」

「そうなのか？　でもその割にはお前、随分悩んでたよな」

「うん。だってさー、なんでそんなことをしたのか、理由がわからないのがモヤモヤしたんだよね。そもそもカンニングの件もはっきりさせたかったし」

「あ、元々そういう依頼だったっけな」

「てか、自殺ってのも、よく考えると意味不明でしょ？　トイレに行ってお腹を刺して、また対局に戻ってきてるんだよ？　これを自殺っていうのは、ちょっと違くない？」

「むむ……確かに……」

「でもまあ、それはいいの。大体わかったから。それより、いまだにわからないことがある。それはね……」

「おい風真、悪いがもう少しきちんと説明してくれ！」アンナと風真の間に、ユージが割って入った。「自殺は自殺でいいよ。でもなんで自殺したんだ？　負けると思った山神七段の腹いせか何かか？　それとも中村三冠を殺人犯にするための自作自演？　わかんねーよ、そもそも中村《あいつ》、なんで血塗れの王将なんか持ってたんだ？　何か意味があるのか？」

「私もわからないんです……」南方も、ユージに被せるようにして続けた。「山神君はなぜ、私の指示に従わなかったのでしょう。そう、八十八手目……あのとき彼は、私の指示とは違う手を指した。あのままAIの読みどおり指せばより勝ちに近づけたのに、それをしなかった。一体、なぜなんでしょう？」

「確かに、そうだ」南方の言葉を耳にした棋士たちが、ぽつりと呟くように言葉を交わす。「なぜあのとき、山神七段は最善手を指さなかったんだ？」

「あそこで5五馬を指せば、AIは山神七段の勝率七〇％って計算していたしなぁ」

「そもそも悩むようなポイントじゃなかったな」

「ああ。少なくとも9三銀は、5五馬と比べて悩むような手じゃなかった……もしかして、集中力を欠いていたのか？」

だが、憶測を述べていた彼らも、やがて何かに気づいたように口を閉ざすと、じっと中村三冠を見つめた。

相対し戦っていた中村三冠こそが、何かを知っている。皆、そう考えたのだ。

「……皆さん、僕に何かを期待しているんですか」

すまし顔で、中村三冠が言った。その口調は、冷たいというよりも、どこか別世界から響いているようにも聞こえた。

風真は、あえて少しの間を置いてから、「皆、中村三冠の説明を待っていますよ」

「説明するほどのことは何もないと思いますが」

「それでも人は知りたいのです。天才だけが垣間見る、真実の向こう側にある景色を」

風真の言葉に一瞬、中村三冠は鋭い眼光で一同を見ると、「……お話ししたところで、理解できるでしょうか」

「…………」

平板で、落ち着いた声色。しかし、この言葉にはまるで、雷が轟くような響きがあった。

風真は、継ぐべき言葉を失い、沈黙する。風真だけでなく、一同は皆、俯き、息をするのも憚られるように恐縮しきっていた。

ただ一人、真っ直《ます》ぐ中村三冠を見つめるアンナを除いては――。

「……ふっ」アンナの視線に気づいた中村三冠は、ほんの一瞬、口の端に淡い笑みを零した。「どうやら収まりがつかない方もいらっしゃるようです」

それから肩を竦めると、おもむろに言葉を継いだ。「そう……今日の対局の八十八手目、あれは確かに、皆さんには悪手に見えたかもしれません。しかしあれは、僕には驚きの……いえ、山神先生の言葉を借りれば、『奇跡』と言うべき一手だったんですよね」

＊

「……ああ、カンニングをしたのは事実だ」亀の間の座椅子に座る山神七段は、左手を着流しの内側にしまったまま、僅かな前傾姿勢で答えた。「第一局と第二局は、運が俺に味方した。だが第三局と第四局はボロ負けだ。これが本当の実力だったんだよな。師匠にも言われたよ。このままじゃ勝てないと。だからこの最終局、魔が差してしまった。……AIなんぞに頼って真剣勝負に水を差したこと、本当に申し訳なかった」

対局後――中村三冠は、山神七段の様子から、強い「対話」の必要性を感じていた。山神七段は何かを含んでいる。だからこそ今日のこの一局が生まれた。しかも、山神七段はまだ秘めた手を残している。それらをすべて受けてこその――豪将。そう思ったのだ。

そして、彼の読みは正しかった。最後のやり取り。自分は山神七段の言葉をしっかりと受けきらなければならない。そう緊張を覚えつつも中村三冠は、いつもの調子を崩すことなく、わざと飄々と答えた。

「でも、あまり意味なかったでしょ？」

「まあな」中村三冠の言葉に、山神七段は自嘲《じちょう》するように口の端を曲げると、「慣れねぇ居飛車なんか使うからこうなるんだ。まったく……終始、手のひらの上で踊らされてる気分だったよ。あのままＡＩの指示どおりに指したって勝てないんだと思い知らされた」

「確かに、正直に言えば八手目辺りから、山神さんが投了するまでの道筋は完璧に出来上がっていましたね」

「お前は本当に、ＡＩより強いんだな」ハハハ、と力なく笑うと、山神七段は不意に真面目な顔で、「それがわかったから俺は、ＡＩに頼るのを止めたんだ。あの八十八手目でな」

「あの銀で、僕も目が覚めました」中村三冠は、居住まいを正すと、「お陰で、人生最高の将棋が指せました」

「妙手だったろ？　まぁ、気合を入れた甲斐《かい》があったってもんだ」

「気合……とは、そのお腹のことですよね」

「気づいていたのか。さすが、読みが深いな」山神七段は、力なくそう言うと、着流しの前を開ける。

その腹は、すでに血塗れだった。

「トイレに立たれたときに、刺したのですね」

「ああ。対局中、バレないように頑張ったんだぞ？　血を手拭いで押さえてな。着流しを黒にしておいてよかったよ」

傷口には手拭いが当てられ、溢れ出る血液を吸い取っている。対局中、山神七段は傷口を手拭いで押さえながら、出血を最小限にとどめていたのだ。

だが今は、もう血液が座椅子を濡らし始めていた。

山神七段は、着流しの前をそっと閉じると、「……ダモクレスの剣って知ってるか？　平たく言えば、王の頭の上に吊るされた剣のことだ。人間てのは、窮地に追い込まれるほど手が浮かぶ。真剣師だったころ、食うや食わずの勝負で、俺はそのことを知ったんだよ。肉体的に死に近づけば近づくほど、自分の読みは深まるものなんだ、とね」

「だから、自分でお腹を刺した」

「ああ。俺の余命はもう僅か。実力を注《つ》ぎ込《こ》んでも、ＡＩを使ってすらお前には届かなかった。ならばもう、残りの命を燃やすしかない。そう思ったから、便所でナイフを拝借したんだ。しまいにゃ止めていたタバコも吸ってやってな。……いやあ、つらいぜ。こんなに苦しいことがあるかなぁ。今や俺は息も絶え絶えだ。あと数分で、この命も消えてしまうだろう。だがね……そのお陰で、あの銀は生まれたんだ。あれは……我ながら奇跡の一手だった」

「はい。あれは、山神さんにしか指せない、最高の一手でした」

「ダモクレスの剣を抜いた甲斐があったと思ったね。まさしく、頭上に吊り下げた危機が、俺に人智《じんち》を超えた着想をさずけてくれたんだなぁ。……だが、それでも、お前には敵わなかったんだがな」山神七段は、さも楽しそうに口元を緩めると、「八十九手目、同桂不成。俺は脱帽したぞ。まさしくあれこそ、神の一手だ」

「それほどのものでは」

「謙遜するなよ、柄にもねえ。誇っていいんだぜ？　実際、これこそ奇跡に対する神の切り返しだと、この俺が感じたんだからな。……まぁ、奇跡は神が起こすものだ。奇跡が神にひっくり返されるのも、当然のことだったんだよな……」

「…………」

「……それでも、俺は人生の最後に、最高の棋譜を描けた。すべてお前のお陰だ。ありがとう」

「…………」中村三冠は、何も言わずにただ、消えゆく山神七段の命を見守った。

そして山神七段は、うっとりするような眼差しで天井を見ると、ゆっくりと目を閉じて、呟くように言った。「……なぁ、中村君」

「なんですか、山神さん」

「将棋って、本当に面白《おもしれ》ぇよなぁ」

＊

「……そう言うと山神七段は、僕に無言で『王将』をくださいました。山神七段はそのとき、投了したのです。投了図をそれ以上弄《いじ》り回《まわ》す権利は、誰にもない。勝者である僕にもです。だから……僕は、そのまま盤上から去りました」

中村三冠の言葉を聞きながら、アンナは思う。

投了したとは死を選んだの意、そして盤上とは亀の間のこと。

自らの腹を抉り、己の能力を超えた奇跡の一手を指した山神七段は、自らの死期を悟ると、そのまま満ち足りた死を選んだ。中村三冠が去った後、誰にも邪魔されないよう、部屋に入ってこられない密室にして。

謎の二、山神がなぜその選択を——すなわち自ら死を選んだのかも、これで解明された。

あとに残るは、最後のひとつのみ——。

「カンニングは行われていた。これは事実です。その意味で今日の対局は無効になる。それが運命なのかもしれません。……しかし」中村三冠は、なおも続けた。「この勝負の本質が、カンニングの結果ではないのもまた事実です。一見して圧倒的不利としか思えないような『9三銀』……しかしこの手は、数十手先の起死回生に向けた、野性的で、野心的で、独創的で、そして山神七段にしか指せないものだった。だからこそ僕も、僕が持てる精一杯の力をもって『同桂不成』で答えたんです。そしてこの瞬間、僕たちの『奇跡の棋譜』は完成した。……そう考えれば、これが決して意味のない棋譜ではないことは、まぎれもない事実です」

皆さんも、そうは思いませんか？　——そう言うと中村三冠は、スーツの襟を直すと、いつものポーカーフェイスに戻ったのだった。

中村三冠の問い掛けに、答える者はいなかった。

肯定はできない。しかし、否定もできない。そう思っていたのに違いない。

やがて、しんと静まり返った大広間に、南方の啜り泣きが聞こえてきた。

「……山神君をそそのかした私がバカだった」南方は、ハンカチで目を拭いながら言った。「山神君は、カンニングなんかしなくてもタイトルを獲れる棋士だった。そんな彼にカンニングをさせたのは……私の悪手だ。私が山神君を不幸に陥れ、あまつさえ殺したようなものだった……」

「確かに、南方先生のしたことは、間違っていたかもしれません。でも……」泣き崩れる南方を慰めるように、今別三段が言った。「山神先生はきっと、幸せだったと思います。だって、死ぬ瞬間まで棋士として生きたんですから」

「そうですよ!」まる美も、明るい声で言った。「最後の最後に、こんな奇跡の一手まで生み出せたんです。棋士として、こんなに幸せなことはありません!」

アンナは、ふと思い出した。

亀の間で見つかった山神七段の亡骸《なきがら》。その表情に、仄《ほの》かな笑みが浮かんでいたことを。

あれはきっと——幸福に満ちた、笑みだったのだ。

「俺もプロなら、最高の一手を指してから死にたいと思っただろうな」和田島が、しみじみと言った。

その呟きに、居合わせた棋士たちと、棋士でない者たちが皆、無言で頷いた。

多くの人々の思い、誰よりも山神七段の思いを飲み込むようにして、アンナもまた、ゆっくりと顎を引いた。

そう、まる美の言ったことは、きっと——正しいのだと。

エピローグ

後日、山神七段の自宅から、彼の日記が見つかった。

その最終ページには、自らの命が風前の灯《ともしび》であること、その生命の最後の輝きを放ったならば、あらゆる痛みと苦しみをも厭《いと》わない旨が綴《つづ》られていた。自殺という言葉こそ使われていなかったものの、事件の顚末《てんまつ》と相まって、それは一種の遺書のように読むことができた。

その他、司法解剖の結果なども山神七段の自殺を裏付け、これらの傍証により、山神七段が「他殺」ではなく「自殺」であったことが、最終的な事実として認定された。

同時に、カンニングの事実も、南方と今別三段からの聞き取りによって改めて裏付けられ、ここに、豪将戦五番勝負は、すべて無効対局となった。

しかしこの戦いは、無効とされながら、ある種の「伝説」を残した。

特に最終局における八十八手目の９三銀、八十九手目の同桂不成。一見して自殺行為とも思える悪手の連続は、しかし、その後のＡＩによる詳しい分析によって、いずれも百億手を読んで初めて導き出せる「最善手」であることが明らかになったのだ。

これにより豪将戦は「奇跡の棋譜」を生んだ名対局だったと話題をさらった。中村三冠と山神七段との間に繰り広げられたドラマとも相まって、ワイドショーが連日将棋について取り上げるようになり、結果、この事件は、将棋界にブームが起こるきっかけとなったのだ。

そのお陰かどうかはわからないが、塩谷部長も左遷の憂き目《うめ》に遭わずに済んだ。彼の首は皮一枚繋がり、ネメシスとしても本来の依頼の目的を達成することができたのだった。

＊

「……で、探したい人って誰だよ？」

風真は、アンナと朋美に連れられ、とある下町の商店街に来ていた。

古い町並みをそのまま残している個人商店街だ。しかし今は、買い物どきの夕刻だというのに、閑散としている。

「あーなんかレトロ！」朋美が、昭和を思わせる木造の金物屋を、ガタガタと音を立てるガラス戸越しに覗き込みながら、はしゃいでいた。「いいなぁ、こういうの。でも、お客さんがいないね」

「近所に大きなショッピングモールがあるからな。そっちに客を取られちゃってるんだろう」朋美の問いに答えながら、風真は、「それでアンナ、誰を探してるんだ?」

「うーん、オフはこの辺にいるってまる美ちゃんから聞いたんだよね」

「だから誰がだよ?」

「あー、たぶんあそこだと思う」徹底して風真の質問には答えないまま、アンナは行く手を指差した。

風真は、その建物に目を細めた。「あそこって……将棋道場じゃないか」

商店街の一角。とりわけ古い建物の一階。ガラス戸の向こうで、十数人の人々が、それぞれに将棋盤を挟んで相対し、将棋を指している。

昔はこうした、いわゆる町の将棋道場があちこちにあったらしい。娯楽の多様化に伴ってだいぶ減ってしまったが、今でも時折、街角でこのような場所を見ることができる。

アンナは、ガラス戸をカラカラと引くと、遠慮なく中へ入っていった。

「いるかなぁ……」

「だからお前、誰を探してるんだよ?」

「……あっ！」アンナが、誰かの姿を見つけて駆け出した。

その誰かは、ヘヴィメタルのロゴTシャツに、ダメージジーンズ、頭にはキャップを鍔《つば》を後ろ向きに被った、やたらとラフな格好の青年が、向かいに座る何者かと将棋を指している。

「こんにちは」アンナが、声を掛けた。「お久しぶりです。三冠」

「えっ？」三冠？　風真は目を瞬いた。

目の前のラフな青年。よく見れば、その顔は見覚えがある。風真は思わず、「中村三冠じゃないっすか！　こんなところで一体何を⁉」

「見てわかりませんか？　将棋ですよ」いつもと違う印象の中村三冠は、いつもと異なるちょっと楽しそうな口調で続けた。「たまにはこういう場所で指すのも乙《おつ》なものです。……あ、王手」

「なるほど、そうきましたか」向かいの誰かが、すぐに答えた。「こんな手筋があったんですね。意外です、僕のＡＩでも読み切れないとは……しかしこれは……すみません、申し訳ないんですが、七手前まで遡《さかのぼ》ってもう一度分析させてもらえませんか」

「ダメです。勝負は勝負ですから」

「なら仕方ないですね」あっさり切り替えると、黒のタートルネックを着たその誰かは、手元にノートパソコンを取り出し、何やら弄り始めた。

その声色にも、風真は聞き覚えがあった。向かいに回って、その顔を確かめると――。

「……姫ちゃん！」姫川忝位その人だった。

「あっイケメン！」朋美が、瞳をハートマークにした。

「その声は、風真さんですか？」姫川は、ノートパソコンを凝視したまま、顔をこちらに向けることなく、冷たく答えた。「申し訳ないんですが、今研究中です。邪魔しないでください」

「研究って、何の？」

「ご覧のとおりです」姫川はなおも風真と視線をあわせることなく、顎で将棋盤を指し示すと、「将棋こそ、僕のＡＩが超えるべき頂です。わくわくしますね」

と、まったく心躍らない口調で答えた。

口調、容姿、そして佇まい――なんだかこの二人、ちょっと似てるな――。

「ということですから、ご用でしたら、少しお待ちいただけますか」対する中村三冠は、駒台の銀を指で弄びながら、「僕の読みが正しければ、あと二十三手で終了ですね」

「おおっ、そうなのか⁉」姫川が身を乗り出し、ぶつぶつと何かを呟き始めた。

風真は、アンナとちらりと視線を交わすと、小さく肩を竦めた。

――十五分ほどして対局が終わった後、アンナと颪真は、ノートパソコンに向かって猛然とプログラムの組み換え作業を続ける姫川と、そんな姫川をうっとりと見つめる朋美を将棋道場の中に残したまま、中村三冠とともに建物の外に出ると、縁側のベンチに腰掛けた。

颪真、アンナ、中村三冠。妙なメンツの妙な並びに、なんだか颪真の腰はむずむずと落ち着かない――。

「これ、美味しいんですよね」ありふれた缶コーヒーのプルトップを引くと、中村三冠は自らの言葉どおり、旨そうに中身を啜った。「僕、小さいころは施設にいたんですけど、仲間には将棋が指せる人がいなくて。たまにここに連れてきてもらって、いろんな人に相手してもらってたんですよね」

ま、ホームタウンって言うんですかね。そう言うと中村三冠は、無邪気な笑みを口元に浮かべた。

スーツを着て対局しているときにはない、人間らしい表情だった。中村三冠はきっと、棋士として人前に出るときには、徹底してプロを演じていたのだろう。だからこそサイボーグのようにならざるを得なかったのだ――そういうふうに、颪真は理解した。

「で、話っていうのは、山神七段との対局のことですよね？」

「はい」中村三冠の促しに、アンナは小さく頷いた。

「大方、君の推理でもわからないことがあるから聞きにきたってとこですかね」

「私が推理してたって、知ってたんですか」

「いや別に？　ただ、風真さんじゃ無理そうだなって思ったんで。図星でした？」

さすが、ここでも真の推理者を読み切っていたのか――アンナと視線を交わしながら、風真は舌を巻いた。

「で、何が聞きたいんですか」残りのコーヒーを一気に呷《あお》ると、中村三冠は、「何でも答えますよ」

「じゃあ早速」アンナは背筋を伸ばすと、「私にはまだ、どうしてもわからないことがあるんです。それは謎の三……いえ、中村三冠、あなたの行動の理由について」

「ほう？」興味深そうに首を少し傾けると、中村三冠は、「具体的にお訊きしても？」

「はい。まず……あのとき、あなたはどうして何も言わないという選択をしたんですか？　亀の間に行き、血塗れの王将を受け取った。あなたなら、その後で自分が犯人として疑われるだろうことくらいわかっていたはず。なのに、あなたはその後あえて何もしなかった。自分が罪を逃れるための、つまり……詰まないための手筋くらい読み切れていたはずなのに、言い訳すらしなかったんです。それは、なぜ？」

「うーん……」中村三冠は少し考えてから、静かに答えた。「それはたぶん、僕が棋士だからでしょうね」

「棋士だから?」

「ええ。そうです」中村三冠は、顎を引くと、「山神先生の八十八手目と僕の八十九手目、あれは何の過不足もなく、かつ芸術的な、奇跡というにふさわしいものでした。まさしく、あのとき僕たちは二人で『奇跡の棋譜』を生み出したんです。そこにもし、人前で余計な感想戦を加えてしまえば、棋譜が汚れてしまう」

「犯人でないと釈明することすらも、余計だと?」

「ええ。それに、そもそも僕が何もしなくたって、誰かが事件を解決すると思っていました。実際、君は事件を解決したでしょう? 結局、僕が盤上を汚す必要なんか、初めからなかったんですよ」

「………」アンナが、返しに詰まった。

中村三冠の言っていることは、頭ではわかる。しかし、心ではわからない——ありありとそう表情で訴えるアンナに、中村三冠は苦笑しながら補足した。「まあ、無理して考える必要はないんじゃないですかね。だって、後から理解できるかどうか、じゃなくって、初めからわかっているかどうかが大事なんですから。……で、もうひとつは?」

アンナは、納得できないと言いたげな口元を作りながらも、「……山神七段がお腹に傷を負っていたこと、対局中に気づいていたんですよね。だったら、あなたはどうして何も言わなかったんですか」

「それは……なぜ対局を止めず、山神先生を見殺しにしたのか、ということですかね」

「ええ」

真剣な表情のアンナをしばしじっと見つめると、中村三冠は、ホッと小さな溜息を吐き、ぽろりと零すように言った。「なるほど、やっぱり君は棋士じゃない」

「どういう意味です？」

怪訝そうなアンナに、中村三冠は、「あ、君のことを馬鹿にしているんじゃないですよ。ただ……君の『読み』はどうやっても僕たちの領域には届かないなって」

「………」アンナが、少しむっとする。

だが中村三冠は、ややあってから続けた。「ダモクレスの剣の話。覚えてますか？」

「ええ、覚えてますけど……」

「では山神先生が、その使い方を間違えていたのには気づきましたか？」中村三冠は、ほんの少し寂しそうな表情を浮かべると、「ダモクレスの剣というのは、本来、王者にしかわからない重圧のことを意味する言葉です。王座にあれば、これだけの危難にいつも直面している。王者でなければわからないプレッシャー、それが頭上の剣に喩《たと》えられているんです。そして……王者である僕の頭上にも、いつもダモクレスの剣が下がっている。王者だからこそ、飄々と挑戦者を受け止めなければならない。王者だからこそ、勝たねばならない。王者だからこそ、カンニング疑惑にも耐え続けなければならない。そして、王者だからこそ……僕には、敗者である山神先生の遺志を受け止めるべき義務もある」

「山神七段が死を望んだ、だから、見殺しにしたっていうんですか!?」アンナが、感情を爆発させながら、中村三冠に詰め寄った。「もしあなたが山神七段の異変に気づいたときに助けていれば、彼は死なずに済んだかもしれないのに！」

「…………」

中村三冠はただ、無言の笑みを浮かべながら、アンナに答えた。

アンナは、悔しげに眉間を寄せると、顔を伏せた。

心中に去来するのは、理解できない戸惑いか、それとも敗北感か——風真は、アンナの心中を慮《おもんぱか》りながら、そっと彼女の背中をポン、ポンと叩いた。

やがて——中村三冠は独り言のように言った。

「僕は、王者でなければならない。そして、王者の重圧に耐えて、恩返しをしなければいけないんです。山神七段にも、将棋そのものにも、この将棋道場にも、何より僕の人生を支えてくれた『あかぼし』の人たちにもね」

＊

「中村さん……ようやくわかりましたよ」突然、いつの間にか背後にいた姫川が言った。

「うわ、びっくりした……脅かすなよ、姫ちゃん」

驚く風真を無視しながら、姫川は、中村三冠の目の前で人差し指を立てた。「銀です。そう、序盤のあの銀ですでに、あなたの狙いは定まっていたんですね⁉」

姫川の背後で、朋美も人差し指を立てていた。おそらく意味はよくわかっていないだろう。

「さあ、どうでしょうね」中村三冠は二人に向けて、ニヤリと口の端を曲げた。「ご想像にお任せします」

「なるほど、なるほど」姫川は何度も首を縦に振ると、片方の手でノートパソコンを捌《さば》きながら、「ふふふ……これで僕のＡＩがまたひとつ神に近づきました。本当にありがとうございます……と言いたいところですが、ＡＩにはまだまだ改良の余地があるようです。できればもう一局お願いしたいのですが、いいでしょうか」

「もちろん。また平手でやりますか？」

「あ、今度は客観的に見たいんで」腰を浮かせた中村三冠を、姫川はノートパソコンを持った手で制すると、「相手は僕じゃなくて、別の人間にしてもらえませんか」

「別の方、ですか……」中村三冠が、振り返る。

ふと、雲の合間から一筋の光が差し込み、縁側と、中村三冠の横顔を照らす。

中村三冠が言った。「そうですね、風真さんはどうですか？」

「えっ、俺がですか？」

「ええ。少しは指せるでしょ？」中村三冠は、楽しそうに目を細めると、「もしお時間があるなら、これから僕と一局どうですか？」

その言葉が、風真の中でふと、いつか聞いた言葉と重なる。

——時間があるなら、これから俺と一局どうだ？

そして唐突に理解した。ああ、そうか。きっと——真剣師だった山神七段も、若かりしころはこんな将棋道場で腕を磨いたのだ、だからこそ二人は、棋士として理解しあえたのだ。

ダモクレスの剣——それは確かに、知る者のみが知る重圧であり、自らを鍛《きた》える鋼《はがね》の刃であったのだ、と。

「俺で相手になるでしょうか。でも……」風真は、胸にさまざま去来する思いを飲み込みながら、おもむろに頭を下げた。「よろしくお願いします」

「面白そ。私も見てていい？」アンナが、悪戯《いたずら》っぽい笑みを浮かべた。

「風真さん、せめて二十手までは耐えてください。そうでなきゃ分析になりません」姫川が、応援とも毒舌ともつかない言葉を吐いた。

「が、頑張ります」風真は、両拳を強く握った。

「外は寒いですよー、中に入りましょうよー」朋美が、皆を促した。

カン、と誰かが盤に駒を指す高い音がこだました。

（ネメシスⅣに続く）

本書は、連続テレビドラマ『ネメシス』（脚本　片岡翔　入江悠）第四話の脚本協力として、著者が書き下ろした小説と、そのキャラクターをもとにしたスピンオフ小説です。

〈著者紹介〉

周木 律（しゅうき・りつ）

某国立大学建築学科卒業。『眼球堂の殺人～The Book～』で第47回メフィスト賞を受賞しデビュー。著書に『LOST 失覚探偵（上・中・下）』、『雪山の檻：ノアの方舟調査隊の殺人』『死者の雨：モヘンジョダロの墓標』、「猫又お双」シリーズ、『暴走』、『災厄』、『CRISIS　公安機動捜査隊特捜班』（原案／金城一紀）、『不死症《アンデッド》』、『幻屍症《インビジブル》』などがある。

ネメシスⅢ

2021年4月15日　第1刷発行　　定価はカバーに表示してあります

著者……………………………周木《しゅうき》律《りつ》

発行者……………………………鈴木章一
発行所……………………………株式会社 講談社
〒112-8001 東京都文京区音羽2-12-21
編集03-5395-3510
販売03-5395-5817
業務03-5395-3615

本文データ制作……………講談社デジタル製作
印刷……………………………凸版印刷株式会社
製本……………………………株式会社国宝社
カバー印刷…………………株式会社新藤慶昌堂
装丁フォーマット…………ムシカゴグラフィクス
本文フォーマット…………next door design

ISBN978-4-06-523048-0　N.D.C.913　284p　15cm

講談社
タイガ

ネメシスシリーズ

藤石波矢

ネメシスII

探偵事務所ネメシスを訪れた少女の依頼は、行方不明の兄の樹《いつき》を探すこと。探偵風真《かざま》と助手のアンナは、道具屋の星《ほし》の力を借り、振り込め詐欺に手を染めた彼を捜索する。しかし、ようやく見つけた樹は、血濡れたナイフと死体を前に立ち尽くしていた。ネメシスは二転三転する真相を見抜き、彼を救うことができるのか!?
「道具屋・星憲章《けんしょう》の予定外の一日」も収録したシリーズ第二弾！